KB151147

# 나는 파리의 한국인 제빵사입니다

# 나는 파리의 한국인 제빵사입니다

한국인 최초로
파리에 빵집을 열고
프랑스 제빵대회를
석권하기까지
그 치열했던
25년의 이야기

서용상 · 양승희 지음

Mille & Un
ARTISAN
BOULANGER

남해의봄날

# 목차

intro.

# 오랜 기다림의 끝

서용상

그날도 여느 날과 다를 바 없는 4월의 하루였다. 평소에는 오전에 매장을 지키는 아내가 그날따라 결근한 직원을 대신하느라 오후에도 매장에 있었다. 저녁이 다 되어 갈 무렵 아내에게서 전화가 왔다.

"우리 바게트가 8등 했대!"

파리에 한국인 최초로 빵집을 내고 6년. 매년 바게트 대회에 출전했지만, 그동안 작은 결과 하나 얻지 못했기 때문에 크게 기대하지 않았다. 오후 내내 오전에 바게트를 출품하고 왔다는 것조차 잊고 지낼 정도였다.

파릇한 새싹을 처음 발견한 기쁨을 먼저 맛본 사람은 아내였다. 기뻐하는 아내의 마음이 손에 쥐고 있는 전화기를 통해 전달되었다. 믿기지 않는다는 말이 이런 거였구나. 좀처럼 감정의 파고가 높아지지 않는 나조차 이날만큼은 들뜬 마음이 쉬이 가라앉지 않았다. 오늘 바게트가 어떻게 나왔더라. 살짝 아쉬운 점이 있었는데, 그것만 아니었다면 8등이라는 숫자가 바뀌었을까? 한참 동안 이런저런 생각으로 시간 가는 줄 몰랐다.

오랫동안 물을 주고 햇볕을 쬐며 기다림이란 거름을 주어 가꾸던 나무에서 마침내 작은 싹 하나를 발견한 날. 2013년 4월 25일은 그렇게 오래도록 내게 잊지 못할 하루가 되었다.

전화를 받은 다음 날, 여기저기 크고 작은 매체에 2013년 파리 전통 바게트 대회에 대한 소식과 순위권자가 소개되었다. 그중 우리 가게가 있었다. 8위 르 그르니에 아 팽 라파예트점(Le Grenier A Pain Lafayette). 잘 알려진 프랑스의 일간지 〈르 피가로(Le Figaro)〉에도 큰 지면에 수상 소식이 실렸다.

사람 마음이 참으로 간사하게도 어제의 기뻤던 마음보다 아쉬움이 남아 마음 한구석에 걸렸다. 8등이라는 숫자 때문이었을까? 1등만 기억하는 한국 사회에서 나고 자란 내게 8등이란 말은 어색하고 낯설었다. 사람들의 뇌리에 8등이 존재하기나 할까? 여덟 번째는 한국 사회에서는 좀처럼 의미를 찾기 힘든 순위이다. 모두가 자랑스러워하는 1등, 첫 번째, 최초에 모든 스포트라이트가 쏟아지기 때문이다. 상대적으로 그 외의 것들을 터무니없이 평가절하하는 그 문화가 늘 못마땅해 비판해 온 나였다. 하지만 그런 나도 무의식적으로 숫자에 집착하고 있었다. 아직 내 속에는 버리고 바꾸어야 할 것이 많다는 것을 깨닫고 씁쓸함이 뒤따랐다.

프랑스에 첫발을 내디딘 것이 2002년 9월 30일이었으니 10년 하고도 반이나 흘렀고, 가게를 시작한 지도 6년이 지나고 있는 시점이었다. 강산도 변한다는 10년. 그러나 그 10년 동안에도 변하지 않은 것이 있다면, 프랑스의 작은 빵집에서 빵을 만들고 있는 이방인인 나와 아내의 처지였다. 낯선 땅에서, 언제 끝날지 모르는 어려운 상황을 헤쳐 나가며 우리는 점차 지쳐 가고 있었다. 그 때문에 녹록지 않은 상황에 찾아온 입상 소식은 커다란 깜짝 선물이었다. 가뭄은 해갈의 기쁨을 더 키우듯, 지쳐 있었기에 감동의 크기도 더 컸던 것 같다. 감동도 사람마다 생긴 대로 받는지 아내는 한여름 내리는 소나기처럼 흠뻑 기뻐했고, 난 이른 봄비에 젖듯 차분하게 기쁨을 누렸다.

입상 소식이 알려지면서 주변으로도 조금씩 들뜬 분위기가 퍼져 나갔다. 가장 먼저 프랑스 한인 미디어를 통해 우리 가게가 수상했다는 것이 알려졌고, 방송사 두 곳에서 촬영하러 다녀가기도 했다. 베이커리 전문 잡지에도 기사가 실렸고, 한국의 대표 포털에 반나절쯤 기사가 올라가기도 했다. 이 기사를 보고 소식을 접한 가족과 지인의 연락이 몰려왔다. 나도 그렇지만 함께 일하는 직원 모두에게도 작지만은 않은 일이었다. 부모와 태어나 살던 나라를 떠나 이루고 싶은 꿈과 목표만 생각하며 지내던 이국땅에서 조금씩 진보하는 자신을 발견하는 기쁨 앞에서 어찌 담담할 수 있을까. 늘 동고동락하는 우리 모두의 기쁨이 되기에 충분했다.

기다림의 시간이 길어지는 때가 있다. 모든 것이 빠른 시대에 오랫동안 기다린다는 것은 때론 게으름이나 무능함으로 치부되기도 한다. 그러나 기다림이란 그 무엇보다 비싸고 고귀하다. 거저 기다려지는 것은 아니지 않은가. 많은 경우 기다림의 여정에는 혼자만 있는 것이 아니고 주위 사람들의 원치 않는 동행을 요구하기도 한다. 그러니 더 무겁고 멀게 느껴지곤 한다.

큰 그릇일수록 빚는 시간이 긴 법일 테지만, 애초에 큰 그릇을 만들려고 달려든 것도 아니었고, 그 그릇이 어떤 모양인지도 모른 채 한순간 한순간을 의지해 걸어온 터였다. 물론 바게트 대회 입상이 우리의 최종 목표도 아니었다. 그러나 그동안 각자가 겪어야 했던 어려움에 지친 몸과 마음을 모두 보상하고도 남는 성취였고, 목표를 새롭게 설정하고 다시 한번 첫 마음으로 출발선상에 서게 한 원동력이었다.

이날, 내 제과 인생은 이렇게 한 매듭을 짓고 또 다른 출발을 기다리고 있었다.

이 책은 한국에서 일본을 거쳐 프랑스에서 20여 년을
고군분투하며 파리 중심부에 한국인 최초로 빵집을 열고,
최고의 불랑제로 우뚝 서기까지 한 가족이 겪은
치열한 삶의 이야기를 담았습니다.

빵을 만드는 남편 서용상과 빵집 운영을 전담한 아내 양승희가
함께 글을 작성했습니다. 각 장마다 화자가 바뀌며,
해당 화자는 장제목 페이지에 표기해 두었습니다.
프랑스어 표기는 국립국어원 표준 외래어 표기법을 따랐습니다.

# Story

# 01.

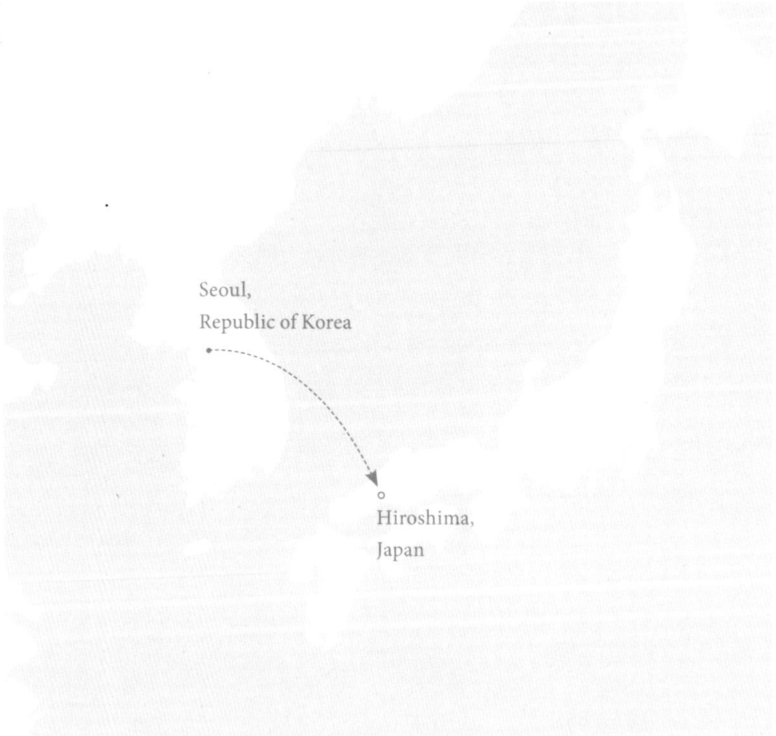

# 서울에서 일본으로

양승희

"누구든 한 번 사는 인생인데,

하고 싶은 일을 하고 살아도 부족할 우리 인생을

하고 싶지 않은 일에 떠밀려 가며

꾸역꾸역 살아갈 순 없는 일이었다."

## 늦깎이 제빵사

남편과 나는 스무 살에 처음 만났다. 동갑내기 친구에서 연인으로, 그리고 5년 반의 연애 끝에 결혼으로 맺어지기까지 그는 내게 버팀목 같은 사람이었다. 늘 올곧고 굳센 사람. 말수가 적지만 내뱉는 한마디 한마디가 진중하고 신중한 사람. 늘 덜렁거리던 나와 달리 남편은 절대 급히 돌아가는 법 없이 차분하고 우직했다. 오랜 시간 옆에서 한결같이 처음 모습 그대로 나를 다독였다. 심적으로 힘들 때마다 안정감을 준 그에게 깊은 신뢰를 느껴 인생을 함께 살아가기로 결심하고 한 결혼이었다. 그러나 그 우직함과 올곧음이 그토록 오래 그를 방황하게 할 줄은 몰랐다.

우리의 첫 시련은 선물처럼 찾아온 첫아이, 형철이의 수술이었다. 선천성 심장병인 심실중격결손증으로 태어난 지 50일 만에 심장 수술을 한 형철이는 그 후로도 탈장에 BCG 예방접종 부작용으로 생긴 혹 제거 수술까지, 세 번의 수술을 연달아 받았다. 수술의 여파인지

병원에 출근 도장을 찍을 정도로 몸이 허약했다. 남편은 아직 대학원생 신분이었고, 양가 부모님도 모두 아픈 아이를 봐 주시지 못할 상황이라 나는 다니던 직장을 그만두고 집에서 아이를 돌봤다. 학습지와 공부방 선생님 일을 해 생활비를 보태며 어렵게 생활을 이어 가던 때였다.

여느 때처럼 주일 일정을 마치고 돌아온 어느 날 남편이 지친 모습으로 할 말이 있다며 나를 불러 세웠다. 돌쟁이 아이를 목욕시키고 집 안을 정리하느라 정신없던 나는 곧이어 터질 폭탄선언을 조금도 예상하지 못하고 그의 방에 들어갔다.

"대학원을 그만두려고."

물리학과를 졸업하고 철학과로, 철학과를 거쳐 다시 신학대학원으로 진학한 그였다. 목회자의 길에 뜻을 품은 그가 졸업을 앞둔 신학대학원을 그만둔다는 말은 곧 그가 걷고 있던 목회자의 길을 포기한다는 의미였다. 이제 와 또다시 다른 길을 걷겠다는 말에 나는 할 말을 잃었다. 그럼 이제 우리는 무엇을 해야 한단 말인가.

막막함에 혼자 며칠을 끙끙 앓아누웠다. 그럼에도 답은 여전히 알 수 없었다. 그렇다고 남편에게 이제껏 걸어온 길이 아까우니 싫은 일을 억지로 하라며 계속 가라고 등을 떠밀 수는 없었다. 가던 길에서 극복할 수 없는 한계를 느껴 돌이키려는 결심을 한 게 아닌가. 그 결정이 결코 쉽지 않았을 거란 사실을 말하지 않아도 알고 있었다. 게다가 누구든 한 번 사는 인생인데, 하고 싶은 일을 해도 부족할 우리 인생을 하고 싶지 않은 일에 떠밀려 가며 꾸역꾸역 살아갈 순 없는 일이었다. 이미 마음먹은 사람에게 지리한 설득이나 반대는 큰 의미가 없을 것 같았다. 결국 그 길을 맨 앞에서 직접 걸어가야 할 사람은 남편 자신이 아닌가.

하지만 물리학도의 길도, 철학도, 신학도 모두 접은 그가 새롭게 선택한 일에 나는 의아함을 감출 수 없었다. 대학원을 그만두고 무엇을 할지 줄곧 고민한 그가 어느 날 다시 선언하듯 말했다.

“제과 제빵을 배워 보려고.”

평소 요리나 식도락에 일말의 관심도 없었던 사람이 왜 하필 빵을 만들고자 결심한 것일까. 이유를 묻자 교회 앞에 있는 제과점을 지날 때마다 빵 굽는 냄새를 맡았는데, 그 냄새에 이끌렸다는 대답이 돌아왔다. 동틀 무렵부터 빵을 구워 내놓는 빵집을 보면서 남편도 사람들에게 가장 필요한 양식을 주는 일을 해야겠다는 생각이 들었다고 했다.

대학원을 그만두고 제과 학원에 등록한 사실을 뒤늦게 알게 된 시아버님은 노발대발하셨다. 긴 공부를 뒷바라지한 결과가 결국 제과 제빵이라니, 배신감이 크게 든 것도 무리는 아니었다. 본인이 원해 선택한 물리학을 버리고 신학자의 길을 걷겠다는 것도 겨우겨우 용납했는데, 또다시 길을 바꿔 빵을 만들겠다니. 더욱이 빵이나 케이크와는 거리가 먼 분위기였던 시댁에서 시아버님은 누가 빵을 먹느냐며 차라리 국숫집을 하라고 버럭 소리를 치셨다. 그러나 자식 이기는 부모는 없다고 했던가. 남편은 한불제과제빵학원을 졸업하고 바로 서울 모처의 유명 제과점에 취직했다. 서른의 나이에 늦깎이 제빵사의 길이 시작됐다.

## 우리 유학 가자!

2000년, 밀레니엄 시대에 대한 기대로 세계가 떠들썩했지만 당시 빵집의 노동 환경은 열악하기 그지없었다. 새벽부터 밤늦은 시간까지 이어지는 고된 노동. 한 달에 3일뿐인 쉬는 날에 월급은 고작 60만 원. 늘 새벽에 나가 늦게 퇴근하는 아빠의 얼굴을 볼 수 없었던 아들은 점심시간마다 세발자전거를 타고 공장 근처로 아빠를 만나러 가곤 했다. 잠시 짬을 내 아들을 보러 나온 남편의 얼굴은 늘 땀으로 범벅이었고 옷과 팔에는 하루가 멀다 하고 새로운 상처가 늘어났다. 육체적으로는 늘 고단했지만 방향을 정하고 그 길을 열심히 걸어가는 그의 얼굴은 편안해 보였다.

하지만 마음 한편으로는 그 역시 초조했나 보다. 보통 20대 초반의 나이에 제과업계로 뛰어드는 다른 이들과 달리, 한참 뒤처진 서른 살에 제과 제빵을 시작했으니 마음이 조급할 만도 했다. 더욱이 설거지 6개월, 철판 닦기 6개월을 버티며 다음 단계 공정을 배우기 위해 시간을 하염없이 보내야만 하는 답답한 상황에 기술에 대한 갈급이 나날이 치솟았다. 어깨너머로 반죽하고 빵 굽는 모습을 구경하는 것도 쉽지 않았고, 질문에 시원한 답을 얻을 수 있는 탄탄한 이론을 배우기는커녕 "묻지 말고 그냥 이렇게 해, 짜샤!" 소리나 들어야 했다. 이대로는 빵 반죽이라도 제대로 해 보려면 너무 긴 시간이 걸릴 것만 같았다. 늘 여유롭고 강직한 남편이었지만, 다른 길을 많이 둘러 온 그의 마음도 여유가 없기는 마찬가지였다. 그래서 우리는 돌아와 버린 길을 질러갈 지름길을 찾아 나섰다.

지인을 수소문해 제과 제빵 관련 유학 경험이 있는 선배를 소개받고, 조언을 통해 유학을 준비했다. 처음에는 빵의 본고장인 프랑스 파리를 염두에 두었지만, 우연찮게 한 선배의 소개로 일본의 한 제과점에서 스타주(stage, '연수'를 의미하는 프랑스어)를 할 기회를 얻었다. 경제적인 상황과 더불어 마침 둘째 아이를 임신 중이던 나는 함께 가지 못하고, 남편 혼자 일본으로 가서 제과점에서 숙식을 해결하며 일하기로 했다.

남편이 일할 제과점은 히로시마에 위치한 프랑스풍 제과점으로 일본인 셰프와 프랑스인 아내가 운영하는 곳이었다. 프랑스 사람인 아내의 영향으로 일본 속 작은 프랑스처럼 이국적인 분위기를 자랑했고 제품도 프랑스식 제과가 주를 이루는 곳이라, 유학을 떠나기 전에 좋은 경험이 될 것 같았다.

한여름 찾아간 히로시마의 빵집은 바닷가와 근접한 작은 마을의 주택가에 위치하고 있었다. 자그마한 4층 건물의 1층에는 제과점과 차를 마실 수 있는 매장이, 그 뒤편에는 빵을 만드는 공장이 있었다. 2층과 3층에는 대형 냉장고와 냉동고가 가득했고, 4층에는 셰프의 집과 직원 숙소가 있었다. 이곳에서 남편은 매일 새벽 4시에 일어나 하루에 12시간 넘게 일했다. 어디에서나 빵집 일은 고되긴 마찬가지였지만, 당시 한국 빵집에 비해 일본은 작업 환경이나 시스템이 훨씬 잘 갖추어져 있었다.

남편은 유학 기간을 최대한 단축하는 것을 목표로 밤잠을 줄여가며 공부했다. 일본어는 간단한 교재를 구해 시간 날 때마다 틈틈이 공부했고 회화는 온몸으로 부딪쳐 가며 익혔다. 낮에는 공장에서 일하고, 밤에는 일본어를 공부하거나 프랑스 제과 매거진을 읽었다. 짧은 전화 통화를 할 때 수화기 너머로 가족과 떨어져 쉴 새 없이 노력하는 남편의 목소리를 들을 때면 안쓰럽고 마음이 아팠다.

그러기를 10개월. 남편과 떨어져 있는 동안 나는 생활비를 아끼기 위해 시댁으로 들어가 출산을 준비했다. 우리 사랑스러운 둘째 아이 유진이는 나 홀로 여덟 시간의 진통을 겪은 끝에 태어났다. 그동안 씩씩하고 꿋꿋하게 홀로 잘 버텨 왔다고 생각했는데, 막상 갓 태어난 아이를 홀로 품에 안고 나니 참았던 눈물이 터져 나왔다. 아이처럼 소리 내 엉엉 우는 동안 무엇보다 일본에 있을 남편이 너무너무 보고 싶었다.

홀로 출산한 나 자신의 처지보다 멀리서 고생할 남편에 대한 걱정과 사랑이 더 컸던 것 같다. 나에게 그는 늘 최선을 다해 돕고 싶은 사람이었고, 그가 자신의 꿈을 넓게 펼치도록 해 주고 싶은 마음이 당시엔 더 절실했다. 지금 돌아보니 그땐 내가 사랑에 미쳤었구나 싶다.

일본 히로시마의 작은 마을에 위치한 푸아브리에르(Poivriere) 제과점은(오른쪽 사진) 이시하라 셰프와 프랑스인 아내가 운영하는 프랑스풍 제과점이었다. 한국에 가족을 남겨두고  남편은 이곳에서 낮에는 일을 배우고, 밤에는 일본어와 제과를 공부하며 홀로 10개월을 보냈다. 서른이 넘은 나이에 한국에서 일본까지 빵을 배우러 온 남편의 연수 생활이 흔치 않은 일이었는지 당시 지역 신문에 작게 게재되기도 했다.

2002年(平成14年)1月1日

韓国の職人 洋菓子修業

「本場の仏より口に合う」

NCAISE POIVRIERE
POIVRIERE
POIVRIERE

# Story
# 02.

# 빵의 고장, 프랑스로

서용상

"이때까지도 이 만남이
우리 가족의 인생을 바꾸는
계기가 될 거라는 생각까지는
하지 못했다."

## 드디어 프랑스로

2002년 9월 30일 늦은 저녁. 인천공항에서 아내와 두 아이를 데리고 몸을 실은 비행기는 모든 이의 로망과도 같은 도시 프랑스 파리에 우리를 내려놓았다. 그러나 내 발로 직접 그곳에 발을 딛는 순간은 마치 길을 잃어 헤매다 강원도 깊은 산골의 어느 간선도로에 들어선 것처럼 난감하고 낯설었다.

저녁 9시경 도착한 파리의 공항에서 우리를 태운 승합차는 에펠탑의 그림자도 보여 주지 않고 알 수 없는 곳으로 몇 시간을 달렸다. 목적지에 도착한 시간은 새벽 1시. 그곳에서 우린 알지 못하는 사람에게 인계되어 다시 한번 짧은 이동 후 당분간 우리 집이 될 작은 아파트에 도착해 짐을 풀었다. 한국의 집을 떠난 지 거의 만 하루가 지나서야 도착한 곳. 그 순간은 유럽도 아니고 프랑스도 아닌 마치 지구상에 존재하지 않는 미지의 세계에 떨어진 것 같은 느낌이었다.



새벽 2시쯤 우리는 낯선 공간에 미처 적응하기도 전에 이웃과 처음 맞닥뜨렸다. 한밤중 우리의 걸음 소리에 잠을 깬 아랫집 아저씨가 초인종을 누른 것이다. 아저씨는 한참을 혼자 떠들다 내려갔지만, 나는 그가 한 말을 한마디도 알아듣지 못했다. 그저 화가 난 그의 감정만 고스란히 느낄 수 있었다. 첫날부터 대단한 환영을 받고 나니 텅 빈 아파트에 어정쩡하게 모여 있는 가족의 얼굴을 쳐다보기도 민망했다.

우리 가족의 첫 정착지는 프랑스 파리에서 서쪽으로 300킬로미터 떨어진 곳에 있는 앙제(Angers)라는 작은 도시였다. 첫날 새벽 마주한, 검은 돌로 지은 앙제 성은 새벽의 어둠보다 더 어둡고 묵직했다. 아니, 그때의 내 마음이 새로운 것에 흥분하고 설레기보다는 불안하고 무거웠던 것일지도 모른다. 미래와 어둠은 알 수 없다는 점, 볼 수 없다는 점에서 비슷하게 불안감을 갖게 한다. 물론 볼 수 없는 어둠이라도 익숙하면 덜 불안하기 마련이다. 하지만 아직 경험하지 않아 알 수 없고 앞으로 벌어질 일이라 미리 볼 수 없는 미래는 친근하고 스스럼없기 어렵다.

그래도 날이 밝으니 무겁기만 했던 마음이 살며시 가벼워졌다. 내가 서 있는 곳이 눈에 보이기 시작해서였을까? 처음 타 보는 버스, 이국적인 가로수와 건물 외관, 낯선 공기가 지난밤에 느끼지 못한 설

렘과 기대 섞인 궁금증을 싹틔웠다. 버스 문을 직접 열고 내려야 하는 걸 모르고 문이 자동으로 열리기를 기다리며 우두커니 서 있다 내리지 못할 뻔한 것도 당황스러웠지만 재미있었다.

첫날부터 시작된 가톨릭 대학에서의 프랑스어 수업은 큰 위로가 되었다. 어디서 나타났는지 거리에는 잘 보이지 않던 한국인 학생도 많았다. 다 같은 초급반이다 보니 모두가 어리바리하고 겸손해 서로에게 배려와 이해가 넘쳤고 선생님도 초급반 달인인 듯 조금도 어려움 없이 수업을 진행했다. 나라별로 개가 어떻게 짖는지 이야기하며 즐겁게 웃는 동안 불안한 마음이 차차 가라앉았다. 파란만장했던 첫날이 저무는 동안 새로운 세상에 대한 기대가 차올랐다.

## 프랑스에 적응하기

프랑스에 도착한 뒤 처음 맞이한 일요일. 이래저래 미루었던 장을 보려고 온 식구가 집을 나섰다. 그런데 버스를 타고 어렵게 도착한 대형 슈퍼의 문은 굳게 닫혀 있었다. 지금은 충분히 이해가 되는 상황이지만, 그때는 적지 않은 충격을 받았다. 많은 사람이 필요로 하는 그 시간에 슈퍼가 영업을 하지 않는다니. 대한민국에서 살아온 내게는 도저히 이해할 수 없는 일이었다. 시간이 지나고서야 내가 소비자 입장에서만 생각했다는 것을 깨달았다.

그리 작지 않은 프랑스의 중형 도시도 저녁 7시가 되면 모든 상점이 문을 닫고 거리에 나다니는 사람도 없다. 상점을 운영하는 사람들도 가족과 저녁이 있는 삶을 누려야 하기 때문이다. 비슷한 이유로 점심시간에 문을 닫는 상점도 많다. 심지어 빵집도 점심시간이 끝날 즈음부터 늦은 오후까지 문을 닫고 음식점은 당연히 점심과 저녁 사이에 중간 휴식 시간을 갖는다. 모든 사람이 쉬는 일요일에 문을 닫는 것도 마찬가지다. 모두가 이 상황에 익숙하니 불편을 느끼는 사람도 없다. 불가피하게 일을 해야 하는 경우 시급은 상황에 따라 평일의 1.2배에서 2배까지 올라간다.

이른 아침부터 어느 시간에나 갈 수 있는 음식점이 즐비한 한국과는 다른 세상이었다. 불편함도 있었지만 내심 여기가 진짜 사람 사는 곳이구나 하는 생각에 부러웠다. 바쁘게, 많이 일하는 것을 근면함으로 좋게 포장해 늘 숨 가쁘고 힘겨운 것을 당연하게 여기던 대한민국 사회에서 한 발짝 멀어지니 그제야 내가 놓치고 있던 것들이 보였다.

프랑스 사회가 우리나라와 다른 또 하나는 예약 문화다. 요즘엔 한국 사회에도 예약 문화가 익숙하지만 23년 전 나에겐 낯설기 그지없었다. 프랑스에서는 동네 의원은 물론 미용실까지 이용하려면 반드시 예약해야 한다. 갑작스러운 방문은 절대 허락하지 않는다. 언어가 서툰 우리 부부가 처음 가장 힘들었던 게 갑자기 아이들이 아프거나 머리를 깎아야 할 때 전화로 예약하는 일이었다. 눈앞에서야 몸짓 발짓으로라도 의사를 전달할 수 있었지만 의사를 정확하게 전달하기에는 언어가 미숙했던 우리가 전화로 할 수 있는 것은 많지 않았다. 불친절과 무시에도 울분을 삭이며 끊은 전화가 수십 통이다.

이곳에서는 제과점에서 원하는 디저트 하나를 주문할 때도 예약이 일상이다. 당시에 한국에서는 많은 수량을 구입한다거나, 홀 케이크를 구입하는 등 특별한 경우가 아니면 제과점에서 굳이 예약할 필요가 없었다. 하지만 프랑스의 제과점에서는 조각 케이크 한두 개도 주문 예약하는 경우가 흔하다. 원하는 디저트를 주문하기는커녕, 빵 하나 사는 데도 등에서 식은땀이 흐를 정도로 긴장하던 내게 프랑스어 회화는 언제나 높은 담벼락처럼 느껴졌다. 초급 프랑스어 수업을 듣고 거의 6개월이 지나서야 간신히 꼭 필요한 의사 표현을 할 수 있었지만, 전화 예약과 주문은 그 후로도 한참 동안 어렵고 불편해 적응하는 데 시간이 필요했다.

## 뜻밖의 기회

기회는 대체 언제, 어디서, 어떻게 찾아오는 걸까. 나는 세상에 우연이란 없다고 생각해 왔다. 그러나 때론 기회가 마치 우연처럼 찾아오기도 한다는 것을 프랑스에서 배웠다.

프랑스에 도착한 첫해는 언어를 배우는 데 집중할 수밖에 없었다. 당장이라도 제과 제빵을 배우고 싶었지만, 언어가 되지 않는다면 제대로 배우기도, 일하기도 힘들 것이 뻔하기 때문이다. 머리로는 알고 있었지만 초조한 마음까지는 어찌할 수 없었다. 쉽게 늘지 않는 프랑스어 실력에 마음이 조급해질 무렵, 간신히 초급반에서 월반을 했다. 반이 바뀌며 담당 선생님도 바뀌었는데, 스테판이라는 새로운 선생님은 학생들 사이에서 평이 좋았다. 잘 가르치고 인격도 훌륭하다는 소문이 난 사람이었다. 그러나 그때까지만 해도 그가 내 프랑스 삶에 무척 중요한 역할을 한 인연의 첫 단추일 줄은 상상도 하지 못했다.

한번은 수업에서 각자 프랑스에 온 이유를 이야기하는 시간이 있었다. 모든 학생이 돌아가며 무엇 때문에 프랑스에 왔는지 간단하게 발표했다. 거창한 의미나 포부를 담은 말이 아니라 단 한 문장으로 이유를 말했는데, 어학연수를 온 사람, 포도주에 대해 배우기 위해 온 사람, 패션을 배우러 온 사람, 그냥 프랑스가 좋아서 온 사람 등 참으로 각양각색이었다. 각자의 얼굴에서 묻어나는 진지함의 정도는 달랐지만 저마다 이유를 가지고 있었다.

나 역시 너무 확실한 목적을 가지고 왔기에 프랑스 전통 제과 제빵을 공부하러 왔다고 이야기했다. 그날의 수업도 다른 날과 다르지 않게 끝나 가고 있었다. 마치는 종이 울리고 교실을 나서려는데, 스테판 선생님이 나에게 다가와 말을 건넸다. 그의 말을 제대로 알아들을 수 있을까 하는 생각으로 잠시 긴장에 휩싸였지만, 이어지는 말에 긴장은 흥분으로 바뀌었다.

그는 자기가 앙제에서 제일 유명한 제과점에서 일하는 사람을 알고 있다며, 내가 원하면 소개해 주겠다고 했다. 그때의 기분은 아직도 생생하게 기억난다. 내가 제대로 알아들은 것일까? 아니, 그가 프랑스어로 내게 말을 건 게 맞나? 한국말을 한 것도 아닐 텐데, 난 그 어느 때보다 분명하게 그의 말을 이해했다. 이야기를 전해 들은 아내도 무척이나 기뻐하고 흥분했다. 당장 취직하거나 제과 제빵을 배울 수 없을지 몰라도, 프랑스 제과의 현장을 볼 수 있을 거라는 기대로 마음이 설렜다. 하지만 이때까지도 이 만남이 우리 가족의 인생을 바꾸는 계기가 될 거라는 생각은 하지 못했다.

스테판 선생님의 소개로 얼마 후 유명 제과점의 생산 책임자라는 남자를 만났다. 나와 비슷한 나이에 체구가 좋은 그의 이름은 티에리였는데, 성격이 활달해 첫 만남에도 친근한 느낌을 주었다. 나는 프랑스어가 미숙했기 때문이었는지 기대감 때문이었는지 대화하는 내내 긴장한 상태였다. 마치 입사 면접을 하는 것처럼 정확하고 절도 있고 자신감 있는 모습을 보이려 노력했다. 티에리는 더듬거리는 나의 말에도 친절하게 귀 기울여 주었고, 덕분에 의사소통이 순조롭게 이루어지는 것 같은 기분에 조금 마음이 놓였다.

제과 제빵을 배우러 프랑스에 왔고, 기회가 된다면 제과점에서 일을 배워 보고 싶다는 내 말에 티에리는 너무도 흔쾌히 긍정적인 반응을 보였다. 지금은 학교에서 어학 수업을 하고 있으니 학기가 끝나고 바로 시작하면 좋겠다는 말도 덧붙였다. 나중에 일을 시작하고 나서 알게 되었지만, 그곳에는 나와 처지가 비슷한 일본 제과인 몇몇이 일하고 있었다. 미숙한 나의 프랑스어 실력이 별로 큰 문제가 아니었던 이유도 여기에 있었다. 그는 나와 같은 사람의 상황을 잘 알고 있었고 원하는 바도 잘 알고 있었던 것이다.

어찌 됐건 프랑스에 온 지 6개월 만에, 그것도 어학원에서 만난 인연으로 운 좋게 사람을 소개받고, 연수 가능한 제과점까지 들어간 것은 분명 큰 행운이었다. 스테판 선생님, 그리고 티에리와의 만남을 시작으로 본격적인 제과 제빵 유학이 내 앞에 펼쳐졌다.

## 프랑스에서 제과 제빵 자격증 취득하기

프랑스에서 언어 실력 다음으로 내가 준비해야 할 것은 자격증이었다. 프랑스에 온 사람들이 가장 많이 취득하는 자격증은 흔히 '세아페'라고 부르는 CAP(Certificat d'Aptitude Professionnelle) 직업교육 자격증이다. 이 자격증이 있어야 프랑스에서 일하고 경력을 쌓을 수 있기 때문이다. CAP 자격 취득을 위한 기관으로 CFA, LEP, GRETA가 있는데 앞 두 곳은 무상교육이며, 만 25세 미만 학생을 대상으로 한다. 30세가 넘어 프랑스에 온 나는 GRETA를 통해 제과(pâtisserie) 직무를 선택하고, 1년간 첫 단계의 제과 직업교육 자격증을 얻기 위한 과정을 밟았다.

프랑스의 직업교육은 일과 학습을 병행하는 제도를 두어, 나 역시 교육기관과 현장을 오가며 수업과 실습을 1년간 병행했다. 보통 학교 수업 일주일, 현장 실습 이 주일 정도의 비율로 시간이 배정되어 있었는데 학교는 내가 사는 앙제에서 차로 한 시간 정도 떨어진 소뮈르(Saumur)라는 도시에 있었다. 현장 실습은 학교에서 정해 주는 것이 아니라 기업과 미리 상의하는 방식이었기에, 나는 스테판 선생님의 소개로 만난 티에리가 생산 책임자로 일하는 르 트리아농(Le Trianon) 제과점에서 현장 실습을 할 수 있었다.

소뮈르의 젊은 고등학생들과 함께 공부하는 시간은 심적으로나 육체적으로나 쉽지 않았다. 현장감 있는 교육을 위해 수업은 오전 7시에 시작됐다. 수업 시작 두 시간 전에는 집을 나서야 했고 온통 프랑스어만 들리는 학교생활은 하루하루 긴장 그 자체였다. 학교 전체를 통틀어 유일한 성인이자 동양인인 내가 편하게 있을 곳은 어디에도 없었다. 쉬는 시간에도 그랬고 점심시간에도 그랬다. 배움은 갈급하고 마음은 급하니 여유가 없었던 이유가 더 컸을지도 모른다. 1년이 다 끝날 때쯤에야 같이 수업을 듣는 학생들과 눈을 마주치고 미소를 주고받을 수 있었다.

반면 수업 시간에 나에 대한 배려는 차고 넘쳤다. 수업을 담당한 선생님은 한국으로 치면 제과 명장이라 불리는 MOF(Meilleur Ouvrier de France), 즉 프랑스 국가 공인 장인이었다. 은퇴를 앞둔 그는 인자한 인상과 인품으로 항상 내가 잘 이해했는지, 어떤 상황인지 확인해 주었다. 다행히 프랑스에 오기 전 2년 반 짧은 경력을 쌓았기에, 눈으로 보고 결과물을 만들어 내는 것은 이제 막 시작한 초년 제과인에 비하면 그나마 나은 편이었지만 언어가 부족하니 수업 내용을 다 알아들을 수 없다는 것이 안타까웠다. 장인에게 배울 기회가 흔한 것도 아니고, 그 직업에서 최고 권위를 입증하는 타이틀을 지닌 사람에게 수업을 들을 기회가 주어졌는데도 그걸 다 흡수하지 못하는 것이 답답했다.

1년의 교육과정이 끝날 무렵 치러야 하는 시험은 내겐 큰 골칫거리가 아닐 수 없었다. 시험은 크게 직업 관련 부문과 일반교양 부문으로 나뉘는데 일반교양 과목에는 수학, 프랑스어, 영어, 역사 등이 포함되어 있고, 직업 관련 부문은 이론 관련 필기시험과 정해진 제품을 시간 안에 만드는 실기시험이 있었다. 물론 어떤 제품을 만들어야 하는지는 시험장에 들어가야 알 수 있었다. 내가 가장 골치 아파한 것은 실기시험 중간에 감독관이 제품에 대해 질문을 하는데, 모두 프랑스어로 답해야 한다는 것이었다. 질문에 대한 답을 알고 모르고는 둘째 치고 '질문을 제대로 파악할 수 있을까' 하는 걱정에 부담감이 상당했다. 평소 시험 치르는 일에는 꽤 자신이 있었는데, 지금까지 내가 겪어 온 다른 어떤 시험보다 어려웠던 것으로 기억한다.

다행히 첫 번째 시험을 무사히 통과하고, 다음 과정에 돌입할 수 있었다. 그러기를 3년. 파티시에(제과)에 이어 불랑제(제빵)에 대한 직업교육 자격증, 그리고 또 하나의 파티시에 심화(mention complémentaire pâtissier) 자격증까지, 총 세 개의 자격증을 취득할 수 있었다. 첫 번째

와 마찬가지로 두 번째와 세 번째도 일과 학습을 병행하는 방식이었기에 앙제의 르 트리아농 제과점에서 현장 실습을 계속해 나갈 수 있었고, 마지막 해에는 앙제의 또 다른 빵집인 르 그르니에 아 팽(Le Grenier à Pain)에서 제빵 관련 현장 실습을 할 수 있었다.

물론 이 자격증들은 직업과 관계된 중에는 가장 기초적인 것들이다. 하지만 나는 이 3년을 그 무엇과도 바꾸고 싶지 않다. 길고 긴 어둠을 헤치고 나온 끝에 겨우 찾은 나의 길이었고, 아주 기초부터 차근히 닦아 나가는 동안 내 앞에 놓인 길은 더욱 굳은 땅이 되어 있었다. 처음 실습을 나가던 날의 긴장감, 처음으로 제품이 원하는 대로 나왔을 때의 희열. 그 모든 경험이 내 제과 인생에 항상 든든한 받침돌이 되어 주고 있다.

## 제과 명장 미셸 갈로와예를 만나다

내가 현장 실습을 한 르 트리아농은 앙제에서 가장 유명한 제과점으로, 프랑스의 유명 셰프 미셸 갈로와예(Michel Galloyer)가 운영하는 곳이다. 미셸 갈로와예 셰프는 르 트리아농 제과점 외에도 빵집인 르 그르니에 아 팽을 운영했는데, 당시에도 앙제에 두 개, 파리에 네 개의 매장이 있는 프랜차이즈 빵집이었다. 당시 갈로와예 셰프는 프랑스 전 지역에 르 그르니에 아 팽 매장을 여는 데 집중하고 있었고, 나중에는 프랑스 전역에 매장이 20여 개가 넘을 정도로 큰 프랜차이즈로 성장했다.

갈로와예 셰프는 1~2주에 한 번씩 르 트리아농 매장을 방문했는데, 매장만 둘러보는 것이 아니라 매번 공장에 내려와 일하는 사람 모두와 악수를 나누며 인사했다. 그 모습이 꽤 인상적이었다. 나중에 알게 된 사실이지만, 이런 인사는 단순한 요식행위가 아니었다. 잠깐 인사를 나누면서도 그는 현장을 구석구석 살폈고, 특히 일하는 사람들을 파악하는 데 신경 썼다.

작지만 다부진 체격과 곱슬거리는 머리 등 딱 봐도 쉽지 않은 사람이라는 인상을 풍겼다. 그 때문에 그가 오면 모든 직원, 특히 프랑스 직원들이 무척 긴장했다. 무언가 잘못된 점이 있으면 한바탕 난리가 나기 때문이다. 한번은 서랍장이 깨끗하지 않은 것을 발견하고는 모든 일을 중단하고 청소를 시키기도 했고, 자신의 기준에 미치지 못하는 바게트가 나온 것을 보고는 30분 넘도록 제빵사를 꾸짖기도 했다.

한편으로는 좋은 일을 축하하거나 칭찬하는 데도 인색하지 않았다. 조금은 막무가내인 데다 성질이 급했지만, 주변을 천천히 살필 줄 알고 기대를 가진 사람에게 쉽게 마음을 거두지 않았다. 그는 일을 만들고 판을 키우는 데 재주가 있었고, 그 과정에서 주변 조력자들의 도움이 필요했기 때문이다.

특히 르 그르니에 아 팽은 프랑스 전통 바게트로 유명했는데, 마침 전통 바게트를 부흥시키려는 프랑스 정부의 노력과 맞물려 꽤 성공을 거두었다. 그가 처음 제과점을 시작한 곳은 앙제였지만 나중에는 파리에서 르 그르니에 아 팽이 더 큰 성공을 거두고 프랜차이즈 수를 빠르게 늘려 나갔다. 내가 갈로와예 셰프를 만났을 때는 막 서너 개 정도의 지점을 파리에 오픈하고 있을 때였다.

르 트리아농에서 2년 차 현장 실습을 마칠 즈음, 나를 르 트리아농에 불러 준 티에리가 공장 생산 책임자 자리를 사임하고 갈로와에 셰프와 동업 형식으로 앙제 옆 도시에 르 그르니에 아 팽 지점을 오픈했다. 티에리는 내게 새로 오픈하는 매장에서 자신과 함께 일해 보면 어떻겠냐고 제안해 주었고, 덕분에 본격적인 르 그르니에 아 팽에서의 생활이 시작되었다. 내게도 좋은 제안이었다. 불랑제 자격을 취득하기 위해 1년간 현장 실습할 곳이 필요했는데, 제과 위주인 르 트리아농에 비해 르 그르니에 아 팽은 과자는 물론 빵으로 유명했기 때문이다.

한국에서는 그때까지만 해도 제과인과 제빵인의 구분이 뚜렷하지 않았고 지금도 많은 경우 두 가지를 구분하지 않지만, 프랑스에서는 파티시에(pâtissier, 제과인)와 불랑제(boulanger, 제빵인)는 같은 매장에서 일하지만 전혀 다른 직업으로 인식된다. 젊은 친구들은 두 가지 자격증을 다 취득하는 경우도 적지 않지만 결국 직업으로 선택하는 것은 하나로 귀결된다.

르 그르니에 아 팽에서 경험한 현장은 르 트리아농의 제과와는 많이 달랐다. 일본 히로시마에서 10개월간 연수를 했던 제과점도 프랑스풍 제과가 주를 이루었기 때문에 그동안 제빵 공정을 제대로 접할 기회가 적었는데, 르 그르니에 아 팽에 적응하면서 새로운 배움에 대한 즐거움과 호기심이 생겨났다. 특히 프랑스 전통 방식의 바게트를 만들 수 있다는 것이 내겐 큰 기쁨이었다. 불랑제로 일하든, 파티시에로 일하든 언젠가 내 매장을 낸다고 생각하면 제빵을 제대로 배워 두는 것이 분명 도움이 될 거라 생각했다.

제과와 제빵은 서로 다른 매력을 지니고 있다. 재료는 겹치지만, 제빵이 살아 숨 쉬며 움직이는 상태의 작업이라면, 제과는 지정하고 만들어 주는 환경에 따라 거의 정확하게 결과가 도출된다. 물론 새로 오픈하는 매장에서 초보자인 나에게 전적으로 빵을 맡길 수는 없는 노릇이니 전문 불랑제가 있었다. 그래서 나는 르 그르니에 아 팽에서도 그동안 해 오던 제과 일을 더 많이 할 수밖에 없었지만, 옆에서 보고 배울 것이 많았다. 오전에 맡은 제과 일을 끝내면, 제빵 일을 더 본격적으로 배우기 위해 오후에는 앙제의 또 다른 르 그르니에 아 팽 매장에 가서 제빵 실습을 했다. 그곳은 늘 일손이 모자랐고 실습 기회를 제공한다는 것을 빌미로 무료 노동을 감수해야 했지만, 이런 기회라도 잡고 싶을 만큼 절박했다.

처음에는 재료 계량이나 이런저런 밑 작업 준비를 돕는 보조 일이 대부분이었다. 그렇게 몇 달을 버티고 나서야 겨우 바게트를 성형하는 일이 허락되었고, 또 한참이 지나서야 굽기를 할 수 있었다. 그래도 기술이 하나둘 늘어 간다는 게 내게는 더욱 의미가 컸다. 그렇게 3년간 그토록 바라던 현장 경험을 원 없이 하며 자격증 세 개를 취득할 수 있었다.

## 정착과 귀국의 갈림길에서

계절과 절기에 따라 주기가 있는 제과점의 리듬을 따르다 보면 1년이 아주 빠르게 지나간다. 그렇게 세 번을 반복하고 나니 모든 교육과정이 끝났다. 그동안 눈 감고 옆으로 밀어두었던 삶의 문제가 들이닥쳤다.

처음에는 한국으로 돌아가는 것이 당연하다고 생각했다. 하지만 건강하고 여유롭게 자라는 아이들을 보며 아내와 나는 점점 프랑스 정착을 고민하게 되었다. 처음 프랑스에 도착한 4년 전 상황에 비하면 아이들도 많이 자랐고, 프랑스의 언어와 문화에도 어느 정도 적응이 되었다.

특히 막 학교에 들어간 첫째 형철이가 다시 한국으로 돌아가 새로이 적응하는 것에 아내는 걱정이 컸다. 한창 말을 배우는 시기에 프랑스에 온 형철이는 한참 동안 입을 꾹 다물어 버렸다. 한국인이 많지 않은 동네에서 말도 통하지 않는 낯선 세계를 처음 맞닥뜨리고 어린 나이에 많이 혼란스러웠던 것 같다. 다행히 인심 좋은 시골에서 한국과는 달리

학업 스트레스도 없고 점심시간이면 두 시간 내내 매일 뛰어놀 정도로 적응했는데, 이제 와 다시 환경을 바꿔도 괜찮을까?

형철이가 프랑스에 왔던 나이와 비슷하게 자란 유진이는 생후 10개월 만에 프랑스에 와서 오히려 앙제가 고향 같은 느낌일 텐데, 한국으로 돌아가면 형철이가 그랬던 것처럼 혼란스러워하지는 않을까? 아내는 아이들을 위해서도 프랑스에 정착하는 방법을 찾아보자고 했다. 나 역시 방법이 있으면 빵의 본고장인 프랑스에서 제과 제빵 일을 하며 살아가는 것도 좋을 듯했다. 이대로 프랑스 사회에서 아이들을 키우며 살아갈 수 있을까? 그러나 어떻게 정착한단 말인가?

요즘은 학생으로 왔다가 전공과 관련된 직업으로 취업 비자를 얻을 수 있는 기회가 많지만 그 당시만 해도 흔한 일이 아니었다. 외국인이 비교적 적은 지방 도시다 보니 방법을 찾기가 더 어려웠다. 경시청을 오가며 여러 차례 상담을 했지만 경험이 없던 담당자에게 들을 수 있는 말은 모르겠다는 대답뿐이었다.

상황이 그렇다 보니 용기가 절로 생긴 것일까? 지난 1년간 일한 티에리의 르 그르니에 아 팽을 보며, 이것이 내 이야기가 될 수도 있겠다는 생각이 들었다. 프랑스에 도착한 지 이제 겨우 3년 반이 되었고 아직도 프랑스어는 아이들 수준에도 못 미치는 데다 밑을 구석이라고는 없는 내가 갈로와예 셰프에게 동업을 청한다는 것이 설득력 있을까? 수없이 생각해 보았지만 아니라는 답만 돌아왔다. 그래도 밑져야 본전 아닌가. 말이라도 꺼내 보자는 심정으로 갈로와예 셰프를 찾아갔다.

할 이야기가 있으니 잠깐 시간을 내 줄 수 있느냐는 내 말에 그가 흔쾌히 수락하며 매장 바로 건너편에 있는 음식점에 들어가 커피를 시켰다. 밑져야 본전이라는 생각으로 오긴 했지만, 등에서 땀이 나고 긴장되어 입이 잘 떨어지지 않아 대놓고 본론을 내뱉었다.

"저도 티에리가 한 것처럼 당신과 동업해 르 그르니에 아 팽 지점을 운영하고 싶어요."

"그래? 한번 보자!"

반전이란 게 이런 것일까? 수없는 망설임이 무색하게 갈로와예 셰프는 흔쾌히 긍정적인 답변을 했다.

물론 당장 모든 게 결정난 것도 아니었고, 정확히는 한번 검토해 보자 혹은 생각해 보자 정도의 가벼운 뉘앙스였다. 프랑스 사람들은 그 자리에서 즉답을 내리는 경우가 좀처럼 없다. 갈로와예 셰프도 아마 그때부터 계획을 세우기 시작했을 것이다. 타고난 비즈니스맨인 그는 어느 동네에 새로운 지점이 필요할지 가장 먼저 고민했을 것 같다. 게다가 이미 여러 사람과 동업 형태로 지점을 늘려 나간 경험이 있는 그였다. 파리에 새로운 지점을 적극적으로 오픈할 때여서 내 제안이 더 반가웠는지도 모른다.

하지만 당시 나로서는 지난 3년간 스치듯 지나치며 인사만 나눴을 뿐인 나를 뭘 믿고 덜컥 동업을 수락한 것인지 의아하고 얼떨떨하기만 했다. 그도 나름의 판단이 있었을 테지만, 그 이유가 무엇이든 당시 나에겐 기적 같은 일이 아닐 수 없었다. 그 순간 레스토랑 안이 더 환해지는 기분이었고, 갈로와예 셰프와의 거리감도 순식간에 사라진 것 같았다. 그렇게 그날 아내와 아이들, 그리고 나는 프랑스에서 살게 될 운명을 결정짓게 되었다.

처음엔 낯설기만 했던 프랑스에서 4년은 빠르게 흘러갔다.

두 아이가 자라고 우리 부부가 조금씩 적응해 나갈 무렵,

우리는 한국으로 돌아가지 않고 계속 프랑스에서 살기로 결심했다.

갈로와예 셰프와의 인연이 우리를 앙제에서 파리로 이끌었다.

**Story**

# 03.

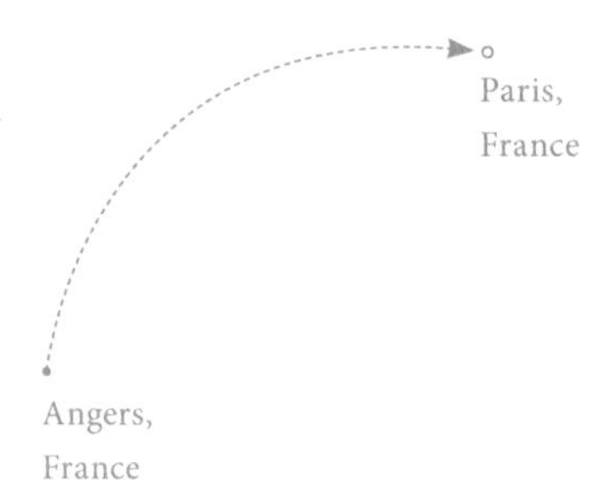

# 파리의 첫 한국인 빵집

서용상

"갓 만든 바게트를 맛보고 있노라면
맛있는 빵 한 덩어리를 먹는다는 것이
삶의 질을 높이는 것과
직결된다는 사실을 깨닫는다."

## 나 홀로 파리로

갈로와예 셰프와 동업하기로 결정했지만, 문제는 장소였다. 아내와 나는 처음 정착해 정든 앙제 혹은 이웃 도시에서 빵집을 하고 싶었지만, 앙제에는 곳곳에 매장이 있었기에 새로운 매장이 들어서기 힘들었다. 갈로와예 셰프는 파리에 더 많은 매장을 내고 싶어 했기 때문에 파리에서 새로운 매장 자리를 찾아보면 어떻겠냐고 제안했다. 그동안 정든 앙제를 떠나 새로운 곳에 다시 정착하는 일이 쉽지 않을 것 같아 고민이 됐지만, 어차피 앙제에 가게를 낼 수 없다면 수도 파리는 나쁘지 않은 선택인 듯했다. 그래서 그의 의견에 따라 새 매장은 파리에서 찾아보기로 잠정적으로 결정을 내렸다.

그러던 중에 뜻하지 않은 일이 벌어졌다. 파리에서 르 그르니에 아 팽 지점을 운영하던 운영주 중 한 명이 오토바이 사고를 당하는 바람에 당분간 그를 대신할 사람이 필요해진 것이다. 갈로와예 셰프는 내게 그곳을 맡아 일해 달라고 부탁했다. 어차피 파리에 매장을 내기로 한 나는 큰 고민 없이 그러기로 했다. 그렇게 갑작스러운 파리행이 결정됐다. 내가 오픈할 매장의 위치가 정해진 것도 아니고, 잠시 긴급히 대타가 필요했던 상황이라 가족은 앙제에 머무르고 나 혼자 파리로 가야 했다. 그때부터 평일은 파리에서 일하고 주말이 되면 앙제로 내려가는 주말 가족 생활이 시작되었다. 일하는 틈틈이 매장을 오픈할 장소도 찾아야 했다.

파리에 마땅한 거처가 없던 내게 갈로와예 셰프는 파리 13구 플라스 디탈리(Place d'Italie)에 위치한 르 그르니에 아 팽 1호점 사무실을 내주었다. 숙소가 아닌 사무실이라 불편한 점이 많았지만 처음엔 파리에 머무는 시간이 그리 길지 않을 것이라 생각해 임시 숙소 삼아 생활했다. 1998년에 오픈한 르 그르니에 아 팽 1호점은 규모는 작지만 앞으로 깊은 인연을 맺게 될 곳이라 그런지 내겐 마치 성지 같은 신비감과 경외감이 들었다. 물론 파리에 그보다 오래된 빵집이 수없이 많지만 내겐 파리의 첫 보금자리이기도 했다.

사고를 당한 운영주는 기요 다미앙이라는 이름의 불랑제로, 갈로와예 셰프와 동업 중인 오너 셰프였다. 앙제 출신인 기요 다미앙 셰프 역시 견습 생활을 하면서 갈로와예 셰프와 인연을 맺었고, 르 트리아농의 공장 책임자를 거쳐 르 그르니에 아 팽이 처음 생길 때도 함께 일했다고 한다. 그러다가 동업 형태로 파리에 자신의 매장을 오픈했는데, 갑작스러운 사고로 몇 달이나 매장을 운영할 수 없어 도움을 요청한 차였다. 경력은 터무니없이 적었지만, 나도 그와 비슷한 길을 걷게 될 것이라는 생각 때문인지 이유 없는 그에게 친근감이 들었다.

다미앙 셰프의 가게는 파리 외곽 르발루아페레(Levallois-Perret)라는 도시에 있었는데, 플라스 디탈리에서 이른 새벽 텅 빈 도로를 달리더라도 택시로 30분을 가야 했다. 대중교통이 다니지 않는 새벽부터 일해야 하는 제빵 일 때문에 매일 아침 택시를 타고 출근해야 했다.

상류층이 거주하는 파리의 북서쪽 위성도시는 그간 내가 살았던 앙제와는 분위기부터 달랐다. 물론 나도 서울이라는 거대 도시에서 30년간 살았지만, 프랑스에서 3년 반을 보낸 앙제는 고즈넉하고 평화로운 곳이었기에, 르발루아페레는 복잡하고 삭막하게만 느껴졌다. 제일 다른 점은 매장에 점심 이후 쉬는 시간이 없다는 것이었다. 앙제의 빵집은 점심시간 이후 중간에 문을 닫고 휴식 시간을 가지는 곳이 대부분이었다. 그러나 이곳 빵집은 아침 7시에 문을 열면 저녁 8시까지 쉬는 시간 없이 운영했다. 점심시간이 가까워지면 매장 밖으로 길게 늘어선 줄에 '역시 파리구나' 하는 생각이 들었다.

그만큼 매장 일도 만만치 않았다. 쉴 새 없이 빵을 구워도 바게트가 떨어지지 않게 하는 것이 쉽지 않았다. 새벽 3시에 출근해 오후 1시쯤 내 뒤를 이어 빵을 만들 불랑제가 도착하기 전까지 숨 돌릴 틈

없이 일해야 했다. 그와 완전히 교대하고 나서야 숙소로 돌아올 수 있었다. 돌아오는 길은 지하철을 이용했다.

그러기를 몇 개월. 계절이 바뀔 만큼 시간이 흘렀지만 내가 본 파리는 주로 이른 새벽 어둠 속 풍경이나 바깥이 잘 보이지 않는 지하철이 전부였다. 다미앙 셰프가 복귀하고도 정상적으로 일할 수 있을 때까지 나는 르발루아페레에서 몇 개월을 더 보냈다. 무더운 8월 한여름 파리에 왔는데, 어느새 찬 바람이 부는 겨울이 되었다.

당시 다미앙 셰프의 가게에는 나 외에도 한국 사람이 한 명 더 있었는데, 견습이 아닌 정식 직원으로 제과를 담당했다. 프랑스의 국립 제과 제빵 학교인 INBP(Institut National de la Boulangerie Pâtisserie à Rouen)에서 제과 공부를 하고 취업 비자를 받아 르 그르니에 아 팽의 직원이 된 김은숙 파티시에였다. 앙제에서 나에겐 열리지 않았던 길이라 취업 대신 동업을 제안했는데, 취업도 불가능한 것은 아니라는 사실을 증명한 이를 실제로 보니 반갑고 대단하게 느껴졌다. 김은숙 파티시에는 매사에 열심이고 책임감 있는 사람이었는데, 나중에 함께 일하는 다미앙 셰프와 결혼했다. 두 사람은 내가 파리에서 첫 매장을 오픈할 때 많은 조언을 해 준 고마운 인연이다. 재미있게도 지금 두 사람은 나와 반대로 한국으로 가 부산에서 메트르 아티정(Maître Artisan)이라는 제과점을 운영하고 있다.

## 순환 근무, 다시 기다림의 시간

르발루아페레에서 일이 끝날 무렵, 드디어 나도 파리에서 매장을 열 위치를 결정할 수 있었다. 프랑스에서는 아주 특별한 경우가 아니면 기존 제과점을 인수해 새로 문을 연다. 즉 주인은 바뀌지만 한번 제과점이었던 공간은 계속 제과점인 것이다. 업종을 변경할 수 없는 것은 아니지만 여러 복잡한 행정절차가 필요하다. 게다가 이곳은 최고의 행정 지옥으로 유명한 프랑스 아닌가. 워낙 절차가 복잡하고 기다리는 시간도 길다 보니 필요 이상의 경쟁을 할 이유가 없는 것 같았다. 한 블록마다 몇 개씩 제과점이 있어 선택의 여지가 많으니 굳이 불필요한 행정절차를 거치지 않아도 되는 환경이었다.

파리에서 몇 달이나 생활했지만, 주로 매장에 딸린 빵 공장에서 시간을 보낸 나는 부동산에 대해서는 아는 것이 전혀 없어서 중개인의 도움을 받았다. 중개인이 소개한 장소를 찾아가 아침, 점심, 그리고 저녁까지 시간대별로 관찰했다. 찾아간 곳은 파리 9구에 위치한 포부르 푸아소니에르 거리로, 푸아소니에르 역에서 그리 멀지 않은 곳에 위치해 있었다.

역과 거리는 멀지 않지만 지하철 입구가 있는 매장 건너편 인도로 대부분의 사람들이 이동했다. 같은 길이지만 찻길 하나 사이로 유동 인구가 배 이상 차이 나 보였다. 그래도 제법 많은 사람이 출퇴근하기 위해 지하철을 이용하느라 그 앞을 지나 다녔다. 찻길이래야 일차선 일방통행이라 큰 의미가 없어 보였다. 그래도 이왕이면 하는 아쉬움이 들었다.

출퇴근 시간에 사람이 많다는 것은 점심시간에 잠정 고객이 많다는 이야기다. 분당 지나가는 사람 수를 세어 보며 이 중에 3분의 1만 아침 식사로 먹을 크루아상을 사려고 매장에 들어온다면 하루에 어느 정도 안정적인 매출을 올릴 수 있을까 계산했다. 수많은 생각과 상상에 빠져 매장 앞 카페에 앉아 그 빵집만 바라보았다. 그리고 주변을 어슬렁거리며 근접한 빵집이 몇 개나 되는지, 어떤 빵집이 장사가 잘되는지, 그곳에서는 어떤 제품을 팔고 있으며 질은 어떤지 등을 살펴보았다.

내가 관찰하는 매장에서 반경 100미터 안에 빵집이 세 곳 더 있었다. 관찰할 당시의 모습으로 직접 비교하자면 내가 인수하려고 고민하던 빵집이 제일 작고 질도 떨어지고 사람이 찾지 않는 곳으로 보였다. 빵을 만들던 남편과 사별하고 혼자 운영하던 마담, 그리고 은퇴를 몇 년 앞둔 불랑제 한 명과 파티시에 한 명이 직원의 전부였다. 너무 오래 손보지 않은 것처럼 보이는 낡은 인테리어에 겨우겨우 만들어 올리는 제품들은 내 매장이 아니었음에도 부끄러울 정도였다. 아마 그 때문에 여주인은 매장을 정리하려고 했을 것이다. 주변 다른 제과점들은 그보다 조금 나아 보였지만 비슷한 수준이었다. 프랑스 여느 빵집이 그렇듯 인테리어도 전형적이라 다들 고만고만했고, 제품 수준도 비슷해 근거 없는 자신감이 솟아올랐다.

밤이면 숙소로 돌아가 아내에게 전화를 걸어, 낮에 관찰하며 수집한 어설픈 정보를 최대한 과장 없이 전달했다. 파리에 함께 와 지켜볼 수 없었던 아내는 많이 궁금해했고 초조해했다. 앞으로 펼쳐질 프랑스에서의 생활이 걸린 문제였으니 당연한 일이었다. 그렇게 며칠 관찰한 후 그곳으로 최종 결정을 내렸다.

하지만 그땐 미처 몰랐다. 프랑스에서 매장을 인수하고 공사를 하는 시간이 상상을 초월할 만큼 길다는 것을. 조급한 내 마음과 달리 모든 과정이 여유롭기 그지없었다. 무작정 놀 수도 없었기에 또 다른 르 그르니에 아 팽 매장 몇 군데를 전전하며 순환 근무를 해야 했다.

그중 한 곳은 베르사유 궁이 있는 도시와 가까운 세브르(Sèvres)

라는 파리 남서쪽 위성도시에 위치한 매장이었다. 그곳은 갈루와예 셰프의 동업자가 직접 운영하지 않고 생산부와 판매부의 책임자를 두고 있었는데, 책임자 두 사람이 부부였다. 이곳에서 나는 크루아상을 만드는 일을 주로 했다. 크루아상을 비롯한 비에누아즈리(viennoiserie, 프랑스인이 주로 아침에 먹는 크루아상 등 설탕과 버터가 들어간 페이스트리 종류)는 바게트 같은 빵을 만드는 일과 달리 새벽에 출근할 필요가 없었다.

몽파르나스(Montparnasse)에서 기차를 타고 도착한 평온한 마을에 위치한 빵집은 매장도 작고 공장도 작았다. 공장은 지하에 있었는데, 프랑스 건물 지하는 지상보다 구조가 더 복잡하고 층고가 낮아 답답했다. 지하에서 일한 건 이때가 처음이었는데, 햇빛 한 줄기 들어오지 않는 곳이라 일하는 내내 늘어지는 느낌이었다.

내가 순환 근무를 한 또 다른 르 그르니에 아 팽 매장은 몽마르트르 언덕 근처에 있었다. 파리 전통 바게트 대회에서 우승한 이력이 있어 인기도 많고, 유명한 관광지답게 항상 사람들이 북적이는 매력 넘치는 곳이었다. 만들어 내는 제품의 양이 상당히 많았는데, 세네갈 출신의 불랑제가 만든 바게트는 그야말로 예술이었다. 이곳에서는 제과 파트 일을 하느라 아쉽게도 바게트 만드는 과정에 참여하지 못해 슬쩍슬쩍 곁눈질하는 것으로 만족해야 했다.

모두 같은 르 그르니에 아 팽이라는 이름 아래 운영되었지만 막상 가 보면 각 지점이 각양각색이었다. 매장을 운영하는 관리자의 색을 그대로 드러내는 제품과 매장 분위기가 저마다 개성을 뽐냈고, 각 매장이 위치한 동네의 분위기도 녹아들어 있었다. 언젠가 나도 나만의 빵집을 열고, 운이 좋아 여러 개의 매장을 운영할 수 있게 된다면 이런 모습도 나쁘지 않겠다는 생각을 어렴풋하게 해 보았다.

## 파리에서 제과점 오픈하기

매장 오픈 준비는 간단한 일이 아니다. 파리든 한국이든 마찬가지겠지만 나에겐 몇 배나 어렵게 느껴졌다. 프랑스에 와서 4년 넘도록 내가 한 일이라고는 약간의 어학 공부와 제과 제빵 교육이 전부였다. 프랑스라는 나라가 어떤 곳인지, 이곳에서 제과점을 하려면 무엇이 필요한지 짐작도 되지 않는 상황에서 넘어야 할 산이 끝도 없이 늘어선 것만 같았다. 매장 자리를 찾는 데서 시작해 매장 인수, 사업자 등록, 매장 공사, 그리고 함께 일할 직원을 찾는 것까지 만만한 것은 하나도 없었다. 그래서 갈로와에 셰프의 의견을 대부분 따랐고 그의 경험을 수용하며 오픈을 준비했다. 그는 여러 개의 매장을 오픈한 터라 행정부터 공사까지 함께해 온 파트너가 여럿 있었다.

매장 인수를 위한 행정절차는 길고 길었다. 그중 첫 단계가 가계약이다. 파는 사람과 사는 사람의 변호사가 모여 수십 장이 넘는 계약서를 작성하고, 그 내용을 하나하나 함께 읽고, 이의가 없을 경우

사인한다. 물론 초안을 미리 검토하는 과정을 거쳤지만 그 자리에서 중요한 사안은 직접 읽고 넘어갔다. 물론 생활 회화만 익힌 내가 계약서의 법률적 내용을 모두 이해할 수는 없었다. 그저 의뢰한 변호사를 믿고 모든 것을 맡기는 수밖에 없었다.

가계약을 하고 나면 본계약까지 최대 3개월의 시간이 주어진다. 그 기간에 은행 대출을 완료해야 했다. 나의 경우는 다른 르 그르니에 아 팽 지점의 대출을 해 준 주거래은행이 있었기에 어렵지 않게 대출이 승인되었다. 만일 내가 단독으로 제과점을 오픈하겠다고 은행 대출을 요청했다면 여러 이유로 거절당하지 않았을까. 은행이 가장 중요하게 생각하는 것이 전문 경력과 회계 계획인데, 가장 기본적인 자격증 세 개가 전부인 나를 은행이 신뢰하고 대출을 승인할 리 없기 때문이다. 갈로와예 셰프와의 동업은 여러 면에서 나의 부족한 부분을 채우고도 남았다.

매장 인수 절차가 예상보다 순조롭고 빠르게 진행되어 준비가 다 되기도 전에 오픈 날을 맞는 것은 아닌가 걱정도 했지만 쓸데없는 걱정이었다. 그제야 나는 프랑스의 본모습을 볼 수 있었다. 지나가며 겉으로 보는 것으로는 짐작도 할 수 없는, 직접 그 사회 깊숙이 들어가 보지 않으면 알 수 없는 프랑스의 답답한 실상을 말이다.

2006년 12월 5일, 임대인과 임대차계약을 하고서도 무려 7개월이 지나서야 매장을 오픈할 수 있었다. 이 긴 기다림을 이해할 수 있는 한국 사람은 별로 없을 것이다. 수천 제곱미터의 공사도 아니고 150제곱미터, 그러니까 고작 45평 면적에 공장 시설 갖추고 매장 인테리어를 하는 데 무려 7개월이나 걸렸다. 물론 그동안 월세를 꼬박꼬박 내 가면서 말이다.

공사 기간 중에는 다른 지점에서 일하고, 일과가 끝나면 현장으로 달려갔다. 어제와 달라졌을 오늘의 모습을 기대하고 들어서지만 진행이 된 듯 안 된 듯 언제나 비슷한 모습이었다. 게다가 인부라고는 많으면 세 명, 보통은 한 명이나 두 명밖에 보이지 않았다. 그 당시는 정말 이해할 수 없고 답답하기 그지없었다. 혹시 인종차별이 아닐까 심각하게 고민해 보기도 했다. 그러나 시간이 지나고 프랑스를 경험해 보고 나니 그런 일이 여기서는 비일비재하다는 걸 알 수 있었다. 여기도 물론 두세 배의 비용을 지불하면 짧은 기간에 마무리해 주는 업체도 있다. 그러나 전체의 3분의 1이나 되는 비용을 두세 배로 지불할 수는 없었다. 프랑스에서 작은 매장을 오픈하는 대부분의 사람들이 가장 골치 아파 하는 점이다.

게다가 제과점은 옷 가게처럼 인테리어만 하면 되는 것이 아니라 공장 시설이 필요하다. 전기, 수도 배관 공사 등은 비용도 비싸고 시간도 오래 걸린다. 웬만한 중형 자동차 값은 훌쩍 넘는 오븐과 냉동실 등 장비와 기계를 설치하는 것도 비용이 많이 들고 설치까지 인내심을 갖고 한참 기다려야 하는 답답한 날들이었다.

공사 현장을 경험한 적이 없던 내게는 매 순간 새롭게 등장하는 난관에 맞추어 이리저리 계획을 변경해야 하는 것도 골칫거리였다. 특히 길게는 수백 년 전에 지은 건물의 구조를 감안해 가면서 공사를 하자니 바꿀 수 있는 것이 별로 없었다. 입구 중앙에 위치한 지름 10센티미터 정도의 기둥을 피해서 입구를 만들어야 하다 보니 입구가 반쪽이 되어 버리기도 했다.

더 곤란한 것은 건물 2층부터 입주해 있는 주거지 주인들과의 마찰이었다. 혹시 건물 안전을 해치는 공사를 진행하지는 않는지 수시로 감시하고 수없이 시비를 걸었다. 임시 조합 회의를 열어 공사 중단을 요청하기도 했는데, 이 과정에서 현장 책임을 맡았던 건축가가 그만두기까지 했다. 이때 마찰을 빚은 건물의 공동 소유자 몇 명과는 그곳에서 매장을 운영한 10년 내내 불편한 관계가 지속되었다. 파리에서 조금만 살아 보면 누구나 느끼는 것인데, 겉보기엔 아름답고 고풍스럽지만 그 안에서의 일상은 불편을 감수하지 않으면 안 되는 게 파리 생활이다. 이런 답답함과 불편함은 프랑스에서 20년 넘게 산 지금도 마찬가지다. 지금은 그저 조금 익숙해졌을 뿐.

우여곡절 끝에 오픈 일주일을 앞두고 겨우 공장 시설을 마무리했다. 남아 있는 짧은 시간 안에 제품을 시험적으로 만들어 보고 시설에 적응해야 했다. 늘 해 오던 일이었지만 두려움이 순간순간 찾아왔다. 어제 문제없이 만들었던 제품이 내일도 문제없이 나와 줄까? 오픈 당시 공장에는 앙제에서 함께 일했던 사오리라는 일본 파티시에와 나, 둘뿐이었다. 공장 안은 아직 작업의 열기가 채워지지 않은 탓인지 조금은 서늘한 것 같기도 하고 쓸쓸한 것 같기도 했다. 단둘이 모든 제품을 생산해야 한다는 부담감 때문에 무겁게까지 느껴지는 공장에서 일주일 후로 다가온 오픈을 위해 생산을 시작했다. 제품은 우리에게 익숙한 것부터 시작해 점차 품목을 늘려 가기로 했다.

7월에 들어선 파리는 바캉스 시즌이 시작돼 사람들이 도시를 떠나 한산해져 있었다. 오히려 다행이다 싶었다. 처음부터 무리하지 않고 시작할 수 있을 것 같았기 때문이다. 파리지앵의 바캉스 행렬은 상상을 초월한다. 6월 마지막 주 아이들 방학을 기점으로 도시가 한산해지기 시작해 최고점인 7월 마지막 주부터 8월 셋째 주까지, 두 달간은 매출이 평소의 절반으로 뚝 떨어지곤 한다. 우린 이제 막 오픈한 매장이다 보니 훨씬 더 한가할 게 분명했다.

빵을 만들기만 한다고 다가 아니라 매장에서 판매할 사람이 필요했다. 이것이 나의 아킬레스건 중 하나였다. 지금까지 프랑스에서 대부분의 시간을 공장에서 보냈기에, 매장을 어떻게 운영하는지에 대해서는 상식선을 넘어서는 전문적이고 구체적인 지식이 없었다. 공장은 앙제에서 맺은 인연으로 손쉽게 사오리라는 파트너를 구할 수 있었지만, 매장에서 판매 직원을 구하는 일에는 그런 행운이 따라 주지 않았다. 그래서 구인 구직을 연결해 주는 폴 앙플루아(Pôle Emploi)라는 고용 센터에 급히 판매직 구인 광고를 했다. 오픈을 앞두고 지원자가 한 명 찾아왔다. 나와 연배가 비슷한 프랑스인 크리스틴이었다. 이제 막 파리로 이사 와 첫 직장을 찾다 우리 광고를 보았다고 했다. 첫인상이 나쁘지 않았다. 음악 교사 경력이 조금 있었고 판매직 경험도 조금 있지만 빵집은 처음이라고 했다. 나도 당장 사람이 필요했고 크리스틴도 당장 직장이 필요했기 때문인지 계약 조건은 쉽게 합의되었다. 그렇게 해서 세 명이 오픈 팀을 이루었다. 처음 한 달 정도는 지점에서 판매와 생산에 한 명씩 지원해 주기로 한 것이 그나마 위안이 되었다. 그렇게 정신없는 준비 끝에 드디어 오픈일이 하루 앞으로 다가왔다.

## 파리의 첫 한국인 빵집

2007년 7월 17일 화요일 아침 7시. 아직 한여름은 아니었지만 뜨거운 태양이 눈부셨다. 프랑스 파리 9구, 파리의 중심도 아니고 말만 하면 다 아는 명소가 가까이 있는 곳도 아닌 위치. 게다가 이렇다 할 특징 하나 없는 작은 골목. 그곳에 르 그르니에 아 팽 라파예트 지점이 문을 열었다. 요란한 간판이 없어서일까. 드문드문 빵을 사기 위한 손님들이 출입할 뿐, 지나가는 이의 주의를 끌 만한 오픈 행사 같은 것은 없었다. 개업을 축하하는 화환도 찾아볼 수 없었고, 모르는 사람 눈에는 어제도, 일주일 전에도 있었던 빵집이 문을 연 것처럼 보였다.

매장 안은 남의 옷을 입은 사람처럼 어색했다. 때 묻지 않은 가구와 사용한 흔적이 별로 없는 오븐, 하다못해 소도구까지 새것이어서였을까? 아니면 그곳에서 프랑스식 빵을 굽고 있는 아시아 불랑제 때문이었을까?

제품을 만드는 틈틈이 매장에 올라가 보았다. 활짝 열린 문과 창으로 들어온 7월의 따가운 햇빛이 매장에 가득했다. 진열장에 듬성듬성 채운 제품과 판매 직원들만 있던 그 크지 않은 공간은 한적한데, 내 마음은 수많은 감정과 생각으로 복잡했다. 오픈을 보려고 앙제에서 올라온 아내와 아이들, 그리고 무려 한국에서 오신 부모님과 우리 직원들만 서성였다.

들어오는 손님 하나하나에 마음이 흔들렸다. 그들은 나의 첫 고객이었기 때문이다. 내가 만든 빵과 과자를 그 전에도 많은 프랑스 사람들이 사 가고 먹었지만 그날은 모든 것이 다르게 느껴졌다. 무사히 오픈한 것에 안도가 되는가 하면, 좀처럼 열리지 않는 문을 한참이나 바라보면 나도 모르게 작은 한숨이 흘러나오기도 했다. 마치 첫아이를 얻은 직후의 부모처럼 하나하나에 소용돌이치는 감정을 느꼈다.

첫날을 마감하며 머리부터 발끝까지 온몸을 꽁꽁 묶고 있던 긴장이 한순간에 풀어져 흘러내리는 것 같았다. 길진 않았지만 그제야 강한 흥분이 몰려왔다. 하루가 다 지나서야 시작을 실감할 수 있었기 때문이다.

그렇다, 그날은 시작이었다. 다 이루어 모든 것이 끝난 날이 아니라 시작한 날. 그렇지만 프랑스에서 보낸 지난 5년여의 시간과 한국, 일본에서 보낸 시간까지 더하면 7년 반이 지난 시점에서 이뤄 낸 결과였다. 매 순간은 지난 시간과 노력의 결과이며, 앞으로 다가올 시간의 새로운 출발점이다. 그 사실이 감격스럽고 흥분되었다.

매장 자리를 찾아 계약하고 오픈하기까지 7개월이라는 시간을 기다리며 많은 걱정을 했지만, 내심 가장 크게 걱정한 것은 파리 한복판에 있는 빵집에서 한국 사람이 만들어 내는 전통 바게트와 크루아상을 고객들이 어떻게 생각할까 하는 것이었다. 내가 오픈한 르 그르니에 아 팽 라파예트점은 파리에서 한국인이 주인인 첫 번째 빵집이었다. 물론 내가 한국 사람이지만, 프랑스에 와서 프랑스 전통 빵과 제과를 배웠고, 단지 한국 사람이 운영할 뿐이지 내가 만드는 빵도 전형적인 프랑스 빵이다. 그러나 빵의 본고장인 파리, 그것도 자부심 큰 프랑스 사람들이 한국인이 만드는 빵을 살까? 물론 지금까지 프랑스에서 르 그르니에 아 팽이란 브랜드가 형성해 온 이미지가 있었기에 내 매장도 다른 르 그르니에 아 팽과 같은 색을 띠고 있어 괜찮을 거라고 생각했지만, 걱정을 완전히 지울 수는 없었다.

기대했던 오픈 행렬은 없었지만, 찾아왔던 손님이 실망해서 발길을 돌리는 일이 없다는 것을 다행으로 여기며 무사히 오픈 첫날을 보냈다. 그 후로는 무르익어 넘치는 시간을 기다려야 했다.

프랑스에는 한국에서 흔한 '오픈발'이란 게 없다. 그 이유를 조금 시간이 지나고 나서야 알게 되었다. 프랑스 사람들이 원래 자신의 것에 무한한 자부심을 지니고 있다는 것은 잘 알려져 있다. 이는 단지 에펠탑이나 루브르 박물관에만 느끼는 자부심이 아니다. 자기가 찾는 빵집과 레스토랑도 마찬가지다. 자신이 좋아하는 단골 빵집이 있다면 바로 그 빵집이 파리 최고의 빵집이다. 그러다 보니 파리에는 최고의 빵집밖에 없다. 저마다 자기만의 최고의 빵집, 최고의 레스토랑, 최고의 미용실, 최고의 치즈 가게, 최고의 정육점이 존재한다. 정말이지 엄청난 자부심이 아닐 수 없다.

이런 이유로 새롭게 오픈한 가게에는 사람이 잘 모여들지 않는다. 길을 하나 건너든 둘을 건너든 특별한 이유가 없으면 빵집을 바꾸지 않는다. 그러다 보니 첫날의 한산함은 바캉스가 끝나고 많은 파리지앵이 돌아온 후에도 쉽게 바뀌지 않았다. 여전히 출퇴근 시간마다 가게 앞을 지나가는 사람은 많았지만 문을 열고 매장에 들어오는 사람은 많지 않았다. 비록 지금은 우리 매장에 들어오지 않지만 언젠가는 그들이 들렀다 가는 곳이 될 것이라는 기대로 오픈 후 심적으로 어려운 시기를 스스로 위로하며 보냈다.

그렇게 1년 정도 지났을까? 아니면 2년? 언제부터였는지는 정확하게 기억나지 않는다. 매일 찾아오는 고객이 생기고, 첫날 비어 있던 진열장도 꽉 차고, 함께 일하는 직원도 세 명에서 열 명이 되었다. 어느덧 우리는 먼저 자리 잡고 있던 주위 빵집에 신경 쓰이는 존재가 된 것 같기도 하다. 천천히 자리 잡고 차근히 성장해 가며 언젠가부터 한국 사람이 만드는 바게트를 프랑스 사람들이 어떻게 생각할까 염려하지 않게 되었다.

## 전통 바게트 대회 입상

파리에서는 해마다 최고의 바게트를 뽑는 대회가 열린다. 파리시에서 주관하는 이 대회는 파리에서 바게트를 만들고 있는 사람이라면 누구나 최고의 수상자가 되길 꿈꾸는 대회다. 바게트의 안방 파리에서 최고의 바게트로 선정된다는 것은 의미 있는 일이다. 매년 총 10개의 바게트를 선정해 순위와 함께 발표하는데, 1200여 개의 빵집 중 200여 곳이 매해 대회에 참여한다. 파리의 빵집 여섯 곳 중 한 곳은 매년 이 바게트 대회에 참가하는 것이다. 그리고 그중 단 10개의 바게트를 가려낸다.

각각의 빵집에서 만든 바게트를 출품하면 빵 또는 음식 관련 전문가와 언론인, 그리고 추첨을 통해 선발된 시민 등 열다섯 명 정도로 이루어진 심사 위원이 다섯 가지 평가 항목을 기준으로 최고의 바게트를 선정한다.

단, 이 대회에는 프랑스 전통 바게트만 출품할 수 있다. 프랑스는

2018년 전통 바게트 제조법과 문화를 국가무형문화재로 등록했다. 밀가루, 소금, 물, 그리고 전통 효모. 이 네 가지 재료만으로 만들어야 프랑스 전통 바게트라 이름을 붙일 수 있다. 다른 첨가물을 넣은 경우 프랑스 전통 바게트라는 이름으로 판매할 수 없다.

사실 파리시가 전통 바게트를 알리려고 노력한 것은 그리 오래된 일이 아니다. 전통 바게트 관련 규정이 생긴 것도 30년쯤 되었을까. 파리시가 이런 대회를 개최하는 데는 두 가지 이유가 있다. 하나는 바게트를 전통 방식으로 만드는 것을 장려해 유지하기 위해서이고, 다른 하나는 이런 이벤트를 통해 상업적 측면에서 전통 바게트 만드는 사람들을 지원하기 위해서다. 프랑스에서 바게트는 정부의 식품 가격 제한을 받는 품목이다. 한국에서 서민을 위해 라면 값을 낮게 유지하는 것처럼, 파리에서는 주식인 바게트의 가격 상한선을 제한한다. 1~2유로, 한국 돈으로 하나에 천오백 원에서 이천 원가량의 바게트는 프랑스 사람들에게 가장 싸고 친숙한 빵이다.

그러나 만드는 사람 입장에서 바게트는 계륵 같은 존재다. 전통 바게트는 많이 팔아도 돈이 되지 않고, 만드는 데 드는 품에 비해 너무 빨리 굳어 버린다. 만든 지 네 시간이 지나면 딱딱해져서 팔기 어려운 상태가 되고 만다. 종일 매장에서 손님을 맞으려면 하루에도 몇 번이나 바게트를 구워야 하는 것이다.

물론 전통 바게트라는 이름을 붙이지 않고 다른 재료와 첨가물을 넣어 만드는 바게트도 있다. 프랑스 전통 바게트를 바게트 트라디시옹(Baguette Tradition)이라고 부르는데, 첨가물을 넣어 만드는 바게트는 바게트 오디네르(Baguette Ordinaire)라고 부른다. 바게트 오디네르는 계량제를 넣을 수 있고, 반죽 방식도 달라 보통은 반죽을 해서 바로 사용할 수 있어 편리하다. 하지만 저온에서 천천히 발효시켜야 하는 전통 바게트는 반죽하는 시간에 따라서도 결과물이 달라진다. 당연히 맛 또한 차이가 난다. 전통 바게트는 복잡하지 않지만 깊이 있는 맛이 난다. 그렇기 때문에 매일 먹을 수 있는 것일 테다. 갓 만든 바게트를 맛보고 있노라면 맛있는 빵 한 덩어리를 먹는다는 것이 삶의 질을 높이는 것과 직결된다는 사실을 깨닫는다. 그 때문에 나는 프랑스 전통 바게트를 지키기 위한 파리시의 지원이 꽤 값어치 있는 일이라고 생각해 왔다.

2007년에 가게를 연 이후 매년 이 전통 바게트 대회에 참가했다. 전통 바게트 대회는 4월 말이나 5월 초에 이루어지는데, 나는 2월부터 준비를 시작하곤 했다. 최고의 바게트는 하루 이틀 만에 완성되는 것이 아니기 때문이다. 밀가루 선택에도 신중을 기해야 하고, 반죽과 굽는 데도 세심함을 요구한다.

내가 8등으로 입상한 2013년 대회는 열아홉 번째로 열리는 전통 바게트 대회였다. 여섯 번이나 갔던 곳이라 출품 과정도 익숙했다. 지하철 어느 역에서 내려 어떤 길을 건너 어떤 골목으로 들어가야 하는지, 생각하지 않아도 몸이 저절로 움직일 정도로 익숙했다. 그러나 그들 속에 서 있는 나는 아직도 이질적인 존재라는 생각이 들었다. 바게트를 제출하기 위해 길게 늘어선 줄에서 나와 피부색이 비슷한 사람은 찾아볼 수 없었다. 파리의 길거리에서 다양한 인종과 국가 출신의 이민자를 수없이 마주치지만, 이 대회 참여자들은 유난히 프랑스 원주민이 많다. 처음엔 아시아인이 프랑스 전통 바게트를 출품하다니, 사람들이 못마땅해하지는 않을까 조금 걱정도 됐다. 하지만 대회에 몇 번 나가다 보니 그런 생각은 점차 내려놓게 되었다.

우리 가게를 찾는 단골손님들이 “네가 만든 바게트가 파리에서 최고”라고 치켜세워 준 덕도 있을 테고, 그동안 다섯 번이나 입상에 실패하며 오기가 생긴 탓도 있을 것이다. 그날은 정말 아무 기대도, 그렇다고 딱히 긴장도 하지 않고 바게트를 출품하고 왔다.

그런데 뜻하지 않은 소식이 날아들었다. 우리 바게트가 8등으로 입상한 것이다. 식구들은 기뻐 어쩔 줄 몰랐고, 단골들도 “역시 그럴 줄 알았어! 내 안목이 틀릴 리 없지”라며 함께 축하해 주었다. 1등이 아닌 것에 아쉬움이 들었지만 6년 만에 이뤄 낸 성과는 달콤하기 그지없었다. 특히 그렇게 크고 즐겁게 웃는 모습은 거의 몇 년 만에 보는 게 아닐까 싶을 정도로 아내가 많이 기뻐했다.

프랑스에 온 지 11년. 낯선 땅에서 긴장을 내려놓지 못하는 것은 나 혼자만이 아니었다. 아이들까지 데리고 유학 와서 내가 파리에서 일하는 상당 기간 동안 홀로 아이를 돌봐야 했던 아내에게도 입상 소식은 그간의 고생을 보답받는 듯 느껴졌을 것이다.

아내와 아이들은 매장을 오픈한 지 4년이 지나서야 파리로 왔다. 정든 앙제를 떠나는 건 슬픈 일이었지만, 그동안 우리 가족은 너무 오래 떨어져 지냈고 내가 쉬는 날마다 장거리를 이동하는 것도 쉽지 않은 일이었기 때문이다.

파리에 온 후 아내는 아이들이 학교에 가고 나면 가게에 나와 매장 일을 도왔다. 나 또한 쉼 없이 달려왔지만, 아내도 매 순간이 어렵고 고되었을 것이다. 서로 의지하며 버텨 온 시간 동안 나의 부족한 부분을 채워 주는 아내가 늘 고마웠지만, 감정 표현은커녕 말수조차 적은 나는 제대로 표현하지 못했던 것 같다. 현재에 충실하고 눈앞의 문제를 해결하는 데만 골몰하는 목표 지향적인 나와 달리 감성이 풍부한 아내가 얼마나 답답하고 속상했을까. 그러나 당시에는 그조차 눈치채지 못하고 그저 기뻐하니 좋다는 짧은 상념만 뇌리를 스쳐갔을 뿐이다. 나는 다시 일상으로 돌아가 늘 그렇듯 빵을 만들었고, 파리에서의 시간은 계속 흘러갔다.

프랑스 파리 9구 포부르 푸아소니에르 가.

이곳에 우리의 첫 빵집이자 파리 최초로

한국인이 운영하는 빵집 르 그르니에 아 팽 라파예트점이

문을 열었다. 이곳에서 우리는 2007년부터 2017년까지

10년간 매일 빵을 굽고 손님을 맞았다.

Le Grenier à Pain
une autre boulangerie

르 그르니에 아 팽을 운영하던 2013년, 해마다 파리시에서 주최하는 전통 바게트 대회에서 처음으로 입상했다. 8위에 올랐는데 한국인 불랑제가 세운 최초의 기록이었다.

# Story

# 04.

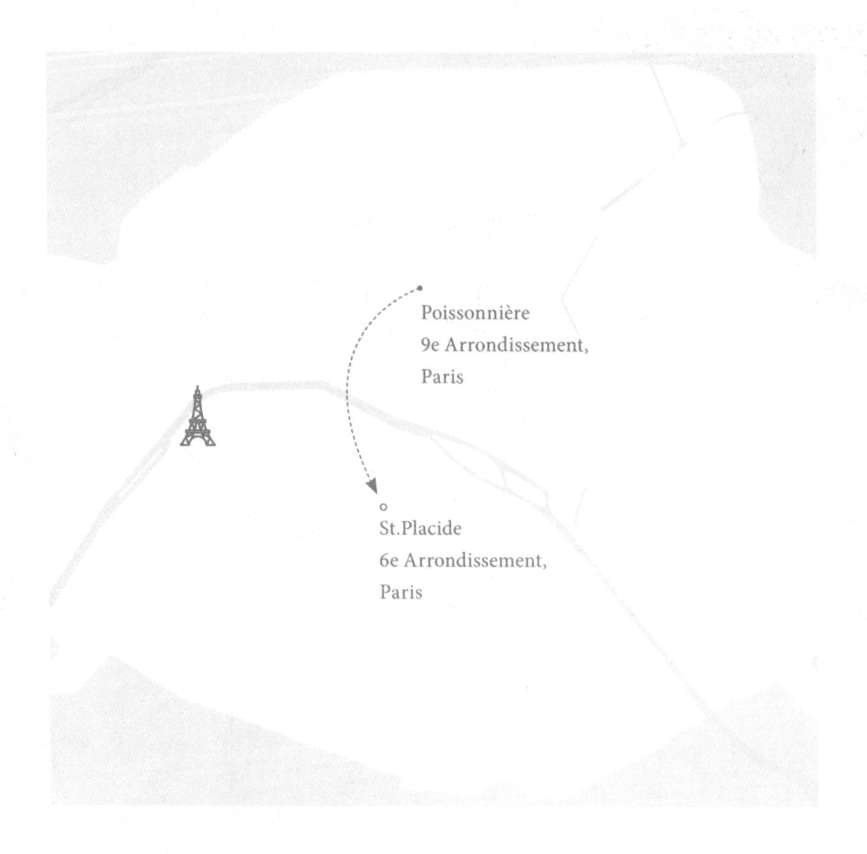
Poissonnière
9e Arrondissement,
Paris
St.Placide
6e Arrondissement,
Paris

# 안식년, 새로운 출발

양승희

"온갖 사건 사고로 눈앞이 캄캄할 때
도움의 손길을 내밀어 준 사람들이 아니었다면
빵집을 오픈할 수 없었을 것이다.
사람의 인연이란 얼마나 오묘한가."

## 이방인의 삶

2010년, 아이들과 나는 익숙한 앙제를 떠나 남편이 있는 파리로 왔다. 처음 프랑스에 와서 8년간 살았던 앙제를 떠나는 날에는 아이들과 이웃 모두 부둥켜안고 눈물바다를 이루었다.

남편이 평일에는 파리에서 일하고 주말에만 앙제로 돌아오던 시기에, 그의 빈자리를 채워 준 건 따스한 이웃들이었다. 아시아인이 적은 앙제에서 우리 가족은 늘 눈에 띄는 존재였고, 언어조차 서툴렀지만 우리 가족을 신기하게 보던 이웃들은 시간이 흐르며 점차 마음을 열고 친근한 사이로 발전했고, 나중엔 우리가 억울한 일을 겪으면 자신들 일처럼 나서서 대신 싸워 줄 정도로 가까워졌다.

어느새 제2의 고향이 된 앙제를 떠나는 것이 두렵고 슬펐지만, 파리에서 다시 온 가족이 함께 생활할 수 있다는 기쁨이 더 컸다. 소박한 앙제와 달리 파리는 너무 크고 복잡해서 새로운 도시에 적응하는 나날은 미묘한 긴장과 노력의 연속이었다. 나는 파리에 올라온 뒤

바로 빵집에 나가 매장을 담당하게 됐다. 모든 제빵인 아내의 숙명이라고나 할까.

남편이 지하 공장에서 빵을 만드느라 정신없는 동안, 매장에서는 나 혼자만의 전쟁을 벌였다. 제과점 생활은 쫓기듯 바쁜 하루의 반복이기 마련인데, 어눌한 프랑스어로 프랑스인을 상대하는 것은 늘 긴장되고 때로는 상처를 받는 버거운 일이기도 했다. 가벼운 대화는 가능했지만, 깊이 있는 대화를 나누기엔 언어 실력도 시간도 허락되지 않아 늘 스스로가 낯선 이방인으로 겉도는 존재가 된 것만 같았다. 매장에는 나를 제외하고 4~5명 정도의 직원이 있었는데, 나만 아시아인이고 나머지는 모두 프랑스인이었다. 부족한 언어로 프랑스 직원들을 관리하는 것도 쉽지 않았다.

간혹 아시아인에게 호의적이지 않은 손님을 만나 인종차별을 겪는 일은 시간이 흘러도 도무지 익숙해지지 않았다. 물론 좋은 사람이 훨씬 더 많긴 했지만, 손님을 응대하는 일은 생각보다 더 많은 인내심을 요했다. 심술 맞은 어떤 손님은 일부러 빨리 말해 나를 곤경에 빠뜨리고는 그것도 못 알아듣느냐며 핀잔을 주기도 했고, 아시안 말고 다른 사람에게 빵을 사겠다며 무시하는 이들도 있었다. 대놓고 하대를 하거나 언어폭력 혹은 난폭한 행동으로 겁을 주는 손님도 가끔 있었다. 나중에는 계산대 밑에 호신용 가스총을 두고 일하기도 했다. 어눌한 말투에 얕잡아보고 함부로 대하다가 뒤늦게 내가 가게 안주인인 걸 알고 태도를 바꾸는 이해 못 할 사람들도 있었다.

아이들 또한 학교에서 미묘한 차별을 겪고 정체성 혼란을 겪으며 힘든 사춘기에 접어들어 가뜩이나 건조하던 나의 삶은 답답함이 목구멍까지 차오르는 것 같았다. 말이 통하는 사람과 만나 좀 더 깊이 소통하며 숨통을 틔우고 싶다는 마음이 절실했다. 그래서 가끔 한국에서 프랑스로 여행 온 가족이나 친구가 그렇게 반가울 수 없었다. 미리 뭐라 말할지 머릿속에 떠올리지 않고도 편하게 생각나는 대로 이야기하며 웃을 수 있다니. 그 사실 하나만으로도 조금 숨이 쉬어지는 것 같았다. 삶의 고단함을 잊고 여행의 기쁨을 나누는 이들과의 만남은 비타민처럼 내게 다가왔다.

그러다가 파리에서 게스트하우스를 하면 어떨까 하는 생각에 이르렀다. 그때는 왜인지 모르지만 빵집은 남편을 위한 공간이지 나를 위한 일터는 아니라는 생각이 자주 들던 때였다. 일이 끝나면 한시라도 빨리 빵집을 벗어나고 싶은 마음이 간절했던 차에 게스트하우스는 꽤 그럴듯한 아이디어 같았다. 당시 파리에는 몇몇 한인민박이 있었는데, 나도 해 볼 만하다는 생각이 들기도 했고 새로운 수입이 창출

되면 가계에도 도움이 될 게 분명했기 때문에 용기를 냈다.

그렇게 시작한 게스트하우스는 예상보다 금세 자리를 잡았다. 빵집과 게스트하우스를 오가며 더욱 바쁜 나날을 보냈지만, 남편을 돕기 위해서도, 아이들을 위해서도 아닌 그냥 내가 하고 싶은 일을 한다는 데서 묘한 자유를 느꼈다. 물론 게스트하우스에서 손님을 맞이하는 일도 쉽지 않은 것은 마찬가지였다. 몸이 두 개라도 모자랄 것처럼 일이 배로 늘어 집에 돌아오면 녹초가 되곤 했다. 하지만 아이들도 꽤 자랐고, 나만의 일이 생겼다는 기쁨이 꽤 신선하게 다가왔다.

그러는 동안 시간은 부지런히 흘러 우리가 르 그르니에 아 팽 라파예트 지점을 낸 지 10년, 프랑스에 온 지도 15년이라는 세월이 흘렀다. 프랑스에 왔을 때 네 살 개구쟁이였던 형철이도, 10개월 갓난아이였던 유진이도 훌쩍 자라 각각 19세와 15세의 청소년이 되었다. 이제 아이들에겐 한국보다 프랑스 사회와 문화가 더 익숙했다. 내가 프랑스어로 말할 때 한국어로 먼저 생각하고 말하는 것과 달리, 아이들은 한국어와 프랑스어 둘 다 자유롭게 할 수 있지만, 자신의 생각을 표현하는 데는 프랑스어가 더 자연스러울 정도로 이곳 사회에 녹아들었다. 스스로 선택한 것도 아닌데, 어린 나이에 낯선 세계에 적응해야 했던 아이들에게 늘 미안한 마음도 들고 어려움 속에서도 어느덧 이렇게 건강하게 자라난 걸 보면 뿌듯하기도 하고 고맙기도 했다. 어릴 적 잔병치레를 많이 했던 형철이는 곧 성년을 앞둔 예비 청년이 되었다. 듬직한 아들과 예쁘고 똘똘한 딸아이를 보면서 오래전 프랑스에 남기로 한 선택이 잘못되지 않은 결정이었다는 생각을 하며 우리 부부는 위안을 얻었다.

하지만 아이들 눈에 비친 부모의 모습은 우리의 생각과는 조금 차이가 있는 듯했다.

"나는 엄마 아빠처럼 살지 않을 거야. 행복해 보이지 않아."

언젠가 아들이 이런 말을 한 적이 있다. 늘 쫓기듯 바쁘게 일하는 우리 부부의 모습이 자신이 생각하는 행복과는 거리가 멀게 느껴졌나 보다. 돌이켜 보면 실제로 그랬다. 남편과 나는 프랑스라는 낯선 땅에서 자리 잡기 위해 정신없이 달리고 또 달렸다. 생존하기 위해 앞만 보고 달리는 동안 삶의 여유나 행복은 늘 뒷전이었다. 프랑스에 온 지 15년이 지나서야 아들의 입을 통해 그 사실을 깨닫고 나는 망치로 머리를 얻어맞은 듯 스스로를 돌아보게 됐다.

## 안식년

바람 한 점 없는 대양 한가운데 떠 있는 배처럼 언뜻 평화로워 보이지만 지치고 지루한 나날이었다. 물론 들고 나는 사람들, 크고 작은 사건, 긴장하지 않으면 안 되는 순간이 반복되고 있었지만 공허하게 느껴져 기분이 자꾸 가라앉았다.

안정되었다는 말은 다른 의미로 정체가 시작되었다고 볼 수 있다. 2013년 프랑스 전통 바게트 대회에서 우리 가게가 8등으로 입상하며 매출은 정점을 찍었지만, 서서히 매너리즘이 찾아왔다. 주변에 경쟁업체가 수없이 늘어났고, 기존 가게가 망해 나가면서 들어선 것이 대부분 점심 식사 손님을 타깃으로 하는 매장이어서 매출에 타격을 입었다. 처음 매장을 오픈했을 때만 해도 빵집이 위치한 골목은 가죽이나 털옷을 판매하는 매장이 주를 이루었다. 그러나 점차 시간이 지나며 이러한 매장이 하나둘 자취를 감추더니 식당이 끝도 없이 밀려들어 왔다.

체력적으로도 한계가 느껴졌다. 남편은 만성 허리 디스크를 앓았는데, 매일 열 시간 이상 서 있고 허리를 많이 사용해야 하는 일이다 보니 몸이 성치 않은 것은 당연한 결과였다. 나이 들며 면역력이 저하되는지 갑작스럽게 알러지 반응이 나타나기도 했고, 심한 재채기로 갈비뼈에 금이 가기도 했다. 프랑스에 처음 올 때만 해도 서른의 창창한 청년이었지만, 정신 차려 보니 쉰을 코앞에 두고 있었다. 이렇게 계속 살아가도 괜찮은 걸까?

이런 생각을 한다는 것 자체가 우리가 프랑스에서의 삶에 많이 적응한 증거라는 생각이 들었다. 작은 여유도 없이 앞만 보고 달려온 게 불과 몇 년 전인데, 어느새 이렇게 주변을 둘러보고 미래에 대한 고민을 할 수 있다니. 하지만 그런 감회와는 별개로, 이곳에서의 미래가 그다지 기대되지 않았다. 몇 개월, 몇 년이 지나도 변하는 것 없이 제자리걸음만 할 것 같은 기분이 들었다.

"우리, 1년만 쉴까?"

매너리즘에 빠져 있던 남편과 나는 그렇게 안식년을 갖기로 했다. 잠시 쉬어 가며 앞날을 다시 제대로 그려 볼 필요가 있었다. 우리 가족을 파리에 정착할 수 있게 해 준 정든 르 그르니에 아 팽과도 이별하기로 결정했다. 첫 가게였기 때문에 우리 부부 모두 애정이 컸다. 지난

10년간 이곳에서 많은 경험을 했고, 특히 남편은 자신의 실력으로 파리에서 빵집을 운영할 수 있다는 자신감을 심어 준 곳이며, 실제 능력을 확인할 수 있는 시험 무대이기도 했다. 갈로와에 셰프와의 동업이지만 가게 운영은 전적으로 우리 몫이었기에, 여러 시행착오를 겪으며 다양한 시도를 해 볼 수 있었다.

하지만 남편도 나도 이제는 프랜차이즈가 아닌 우리만의 브랜드 빵집을 열어 보고 싶다는 생각을 했다. 물론 르 그르니에 아 팽이라는 간판은 적지 않은 이점을 가져다주었다. 하지만 이 브랜드 네임을 유지하는 데 드는 비용도 만만치 않았다. 본사에 지불해야 하는 비용이 큰 데 비해 회사에서 각 지점에 신경 써 주는 부분은 충분하지 않았다.

르 그르니에 아 팽은 밀가루와 인테리어만 함께 사용하고, 제품 구성이나 운영은 전적으로 지점 사장에게 맡겼다. 그래서 지점마다 제품 구성도 다르고 가격도 다르고 분위기도 조금씩 달랐다. 자유가 있지만, 그만큼 책임도 무거웠다. 신제품 개발이나 신기술 같은 부분을 조금 더 신경 써 줬더라면 좋았을 것 같다는 아쉬움이 컸다. 다른 프랜차이즈 브랜드가 그렇듯 정기적인 물품 공동 구매나 반복되는 인테리어 재단장 요구 등 부대 비용도 적지 않게 들었다.

결국 수고에 비해 실질적인 이윤이 별로 없는 프랜차이즈의 한계에 가게 운영에 대한 피로도가 조금씩 쌓이기 시작했고 독립해야겠다는 결심을 하게 되었다.

또 다른 이유로는 위치의 한계였다. 우리 빵집이 자리 잡은 9구는 젊은 세대가 많아 다이내믹한 분위기가 돋보이는 동네였지만 경제적으로는 그리 넉넉하지 않은 주민이 많았기 때문에 제품 개발의 한계에 부딪히곤 했다. 테스팅을 거듭해 내놓고 싶었던 고급 신제품을 선보이면 맛을 보고 모두 무척 만족스러워하지만 경제적 이유로 계속 구입할 수 없는 소비자가 많아 안타까웠다. 신제품을 출시한 후 얼마 지나고 나면 팔리지 않아 그동안 만들던 단순하고 저렴한 제품을 그대로 생산할 수밖에 없는 박리다매의 고리를 도저히 끊어 낼 수 없었다. 늘 똑같은 제품을 대량생산할 수밖에 없는 벽 아닌 벽에 부딪히니 남편의 실망도 컸다. 일이 재미있지도 않고 성취감이나 도전 정신이 시간이 갈수록 점점 더 줄어드는 것 같았다.

그래서 10년간 운영하던 가게 문을 닫고 안식년을 가진 뒤 우리만의 빵집을 열어 보자는 데 의견이 모아졌다. 안정적인 곳을 버리고 새로운 도전을 해야 한다는 사실에 심적 부담이 컸지만, 이대로 쳇바퀴 돌 듯 제자리걸음을 하느니 새로운 도전을 선택하는 게 나을 것 같았다. 모든 결정권을 오롯이 우리가 가진 채 하고 싶은 제품을 제한 없이 만들고 그 가치에 맞게 제값을 받을 수 있는 곳으로 매장을 옮기고 싶다는 열망. 우리 이름을 걸고 브랜드를 만들어 파리에 우뚝 서고픈 욕심. 사실 첫 가게를 열 때부터 언젠가 이런 날이 올 거라 예상했다. 어차피 한번은 했어야 하는 선택이었기에 우리는 크게 주저하지 않았다. 우리 부부가 두 아이를 데리고 프랑스로 유학 길에 올랐을 때도 그랬듯, 가야 할 곳이라면 우선은 들어선 다음에 길을 찾는 것이 우리의 방식이었다. 보금자리 같은 곳을 박차고 나서자 혹독한 홀로서기만이 우리를 기다리고 있었다.

새롭게 시작하기 전에 그동안 보낸 10년을 뒤로하고 지친 마음과 육체를 충전하기 위해 1년간 휴식과 재충전 시간을 가지기로 했다. 파리에 온 지 15년 만에 처음 갖는 제대로 된 쉼을 말이다.

파리에 온 지 15년, 르 그르니에 아 팽 라파예트점을 운영한 지 10년 만에 우리는 안식년을 갖기로 했다. 르 그르니에 아 팽과도 이별을 결심했다. 이제는 우리 이름을 내건 우리만의 독립 브랜드 빵집을 열고 싶었다. 새로운 시작을 위해 우리는 처음으로 긴 휴가에 들어갔다.

## 배움은 끝이 없다

남편은 우직한 사람이다. 무척이나 신중해 결정을 내리기까지 오래 걸리지만, 한번 목표를 정하면 주변을 돌아보는 일 없이 오로지 직진한다. 쉽게 지치지도 않고, 좌절하는 일도 없다. 때론 그 우직함이 너무 답답하고 지칠 때가 많았다. 하지만 타협하지 않고 주어진 길을 정직하고 성실하게 걸어가는 그이기에 원하는 바를 성취하고 우리 가족이 안정적으로 파리에 정착할 수 있었던 것 또한 사실이다.

남편의 이러한 성정은 빵을 만드는 데도 그대로 반영된다. 눈이 오나 비가 오나 무슨 일이 있어도 정해진 시간에 일어나 가게 문을 열고, 심지어 몸이 아플 때도 좀처럼 쉬거나 앓는 소리 하는 일이 없다. 고객과의 약속을 지켜야 한다는 신념 때문이라는데, 가끔은 미련하게 자신의 한계를 모르고 쓰러지는 순간까지 맡은 일을 하려 드니 주변에서 말릴 정도다. 가까운 단골손님이 그에게 "잠시 가게 문을 닫아도 우리가 다른 곳에 가지 않을 테니, 회복하고 건강하게 다시 나와 우리가 먹을 빵을 만들어 달라"라고 이야기한 적이 있을 정도다.

인생 처음으로 맞는 안식년에도 그는 좀처럼 쉴 줄 몰랐다. 하루 종일 아무것도 하지 않고 시간을 보내는 것에 어색해 했고, 오히려 그동안 마음 한편에 접어 두었던 배움에 대한 갈망을 불태웠다. 프랑스에 오기 전까지 많이 방황했던 그였기에 나는 배움이라면 진절머리가 났지만, 좀 더 실력을 쌓고 싶다는 그를 말릴 수 없었다. 늘 자신의 실력에 만족하지 않고 앞으로 전진하며 발전하고 싶어 하는 그의 성향을 누구보다 잘 알기 때문이었다. 더욱이 자체 브랜드 빵집을 열면 남편이 자유롭게 배울 기회가 없을 것이 뻔했다.

프랑스로 유학을 오고 첫 매장을 비교적 빠르게 연 탓에 남편은 늘 좀 더 많이 배우고 경험하지 못한 것을 아쉬워했다. 특히 갈로와예 셰프와 인연을 맺은 후 13년간 한곳에서만 있었던 셈이니, 다른 가게에서도 일하며 경험해 보고 싶은 심정이 이해가 됐다. 결국 그는 파리에서 지내며 여기저기 눈여겨봤던 유명 셰프들의 제과점에 이력서를 넣었다. 하지만 자신의 가게를 10년이나 경영한 경력이 부담스러웠던지 어디에서도 답이 오지 않았다. 아마도 월급 문제도 있을 테고, 공장장이 부리기엔 젊은 사람이 훨씬 편하기 때문일 테다.

한참을 기다린 끝에 지쳐 포기할 즈음 한 곳에서 연락이 왔다. 마들렌으로 유명한 쥘 마샬이라는 프랑스 셰프의 가게에서 스타주할 기회를 갖게 된 것이다. 2개월간의 무보수 스타주였지만, 빈손으로 안식년을 흘려보내진 않을 거라는 기대로 그는 즐거이 일을 시작했다.

하지만 기대와 다르게 셰프 얼굴조차 볼 기회가 별로 없었고, 누군가의 보조로 계량하고 틀을 준비하는 허드렛일만 주로 했다. 나는 17년 차 경력자를 이렇게 허비하는 것이 어이없었지만, 남편은 늘 그렇듯 평온했다. 오히려 경험이 있으니 어깨너머로 지켜보는 것만으로도 배울 게 많다고 했다. 물론 그도 아쉬움이 컸을 것이다. 하지만 그 두 달조차 일하지 않았다면 두고두고 후회했을 거란 그의 말에 혀를 내두를 수밖에 없었다. 이때 어깨너머로 배운 마들렌은 나중에 우리 매장의 효자 제품이 탄생하는 데 훌륭한 밑바탕이 되어 주었으니, 무엇을 하더라도 뭔가를 배워 내는 남편의 능력은 지금 생각해도 놀랍기만 하다.

## 새로운 매장을 찾아서

파리에 정착하기로 결심한 순간부터 마음속으로는 언젠가 우리 이름을 내건 제과점을 할 수 있지 않을까 상상의 나래를 펼치곤 했다. 10여 년간 노하우가 쌓이면서 요령이 생기고 자신감도 붙었다. 쉬는 동안 우리는 예전부터 막연히 꿈꿔 온 가게의 모습을 머릿속에 그려 보고 소망했던 몇 가지 조건을 모두 모아 정리해 보았다. 그리고 안식년을 마무리할 즈음 조건에 맞는 새로운 매장 자리를 찾는 여정이 시작됐다.

가장 중요하게 생각한 조건은 위치다. 한국에서 좋은 목이 중요하듯, 파리도 마찬가지다. 특히 관광지, 사무 지구와 거주민 비율이 고른 지역이어야 한다는 게 우리 생각이었다.

우리가 운영한 르 그르니에 아 팽 라파예트 지점이 위치한 파리

9구에 10년간 있어 보니 이 적절한 비율이 얼마나 중요한지 배울 수 있었다. 거주민은 기본 매출을 책임져 주기 때문에, 주거하는 사람들이 적당히 있는 곳이어야 빵집을 안정적으로 운영할 수 있다. 거기에 사무지역 직장인들은 점심 매출을 안정적으로 지탱해 주는 버팀목이기에 꼭 필요한 고객층이었다. 또 적당한 관광객은 가격에 구애받지 않고 맛을 더 선호하는 특성이 있으니 보다 다양한 고품격 제품을 출시하기 좋을 듯했다. 아무리 좋은 상품을 만들어도 구매력이 낮은 곳에서는 빛을 보기 어렵다. 이런 이유로 새로운 공간은 핫 플레이스까지는 아니어도 적당히 목 좋은 위치였으면 했다.

두 번째 조건은 매장에 의자를 몇 개라도 놓을 수 있는 공간일 것. 한국에는 빵과 음료를 함께 파는 베이커리 카페가 꽤 흔하다. 그러나 당시만 해도 프랑스에는 빵집에서 차나 다과를 파는 경우가 많지 않고, 보통 차와 디저트를 파는 살롱 드 테(salon de thé)라는 찻집이 따로 존재했다. 살롱 드 테는 매장 인테리어도 세련되고 사람들이 앉아서 차와 케이크를 즐기며 여유롭게 시간을 보낼 수 있는 데 비해, 프랑스의 빵집은 대부분 우중충한 나무 색감 인테리어에, 빵을 사 갈 수만 있을 뿐 빵 먹을 공간을 잘 꾸며 놓은 경우가 흔하지 않았다. 우리는 한국의 카페처럼 안에서 빵과 함께 식사도 하고 살롱 드 테처럼 케이크와 차를 먹을 수 있는 작은 공간이 있었으면 했다. 물론 매장이 넓으면 넓을수록 임대료가 상승하니 큰 공간을 꿈꿀 수는 없었지만 작게나마 시도해 보고 싶었다.

세 번째로는 인수해야 할 직원이 없거나 아주 소수인 곳이었으면 했다. 프랑스에서는 가게 매매시 기존 매장의 직원도 인수해야 한다. 노동자 권익이 최우선인 나라라 가게 매매로 노동자가 해고되는 일이 일어나선 안 되기 때문이다. 하지만 새 가게를 준비하는 입장에서 기존 직원이 있으면 아무래도 부담이 크다. 직원이 많으면 월급도 부담스럽고, 기존 직원이 새로운 방식에 적응하는 데도 시간이 걸리기 때문이다. 그래서 우리는 가급적 기존 직원을 인수하지 않아도 되는 매장을 알아보기로 했다.

네 번째로는 일요일에 가게 문을 닫을 수 있는 곳일 것. 프랑스 제과점은 약국처럼 요일 당번제라 마음대로 휴무일을 정할 수 없다. 프랑스에서는 주식인 빵을 판매하니 필수 식료품점으로 분류되기 때문이다. 그래서 정해진 날에만 쉴 수 있는데, 그 동네에서 오래 자리 잡고 있는 터줏대감 같은 빵집이 주로 일요일에 쉰다. 첫 가게를 운영할 때는 매주 수요일에 쉬어야 했다. 그러다 보니 주말과 휴일에 가족과 함께하는 시간을 확보할 수 없는 게 늘 아쉬웠고 아이들에게 미안한 마음이 컸다. 그래서 새로 빵집을 인수한다면 일요일에 쉴 수 있는 곳이면 좋겠다는 작은 바람이 있었다(이 당번 제도는 결국 2019년에 사라졌지만, 우리가 가게 자리를 알아보던 2017년에는 시행되고 있었다).

마지막으로 제품 생산 공장이 지상에 위치했으면 좋겠다는 남편의 바람이 있었다. 지하 공장은 오븐과 각종 기계가 뿜어내는 열기 때문에 여름에는 더위가 사우나와 맞먹는다. 예전에 남편이 잠시 순환 근무를 하던 빵집 한 곳이 지하에 공장이 있었는데, 더위에 숨 쉬는 것도 힘들고, 환기하기도 어려운 환경이라 체력 소모가 너무 심해서 공장이 지하에 있는 곳은 가급적 피하고 싶어 했다.

이렇게 원하는 사항을 정리한 뒤 어느 정도 경제적 여유가 있는 지역을 우선해 방문했다. 관광지에서 가까운 샹젤리제, 개선문, 오페라 가르니에 근처는 물론 부촌인 5구, 6구, 7구, 그리고 15구와 16구를 후보지로 염두에 두었다. 그리고 중개인에게 그 구역의 빵집을 인수하고 싶다는 의사를 전달했다.

프랑스에서는 빵집 전문 중개인이 있다. 만일 한국이었다면 빵집을 열려는 사람이 굳이 팔려고 내놓은 빵집을 찾지는 않을 것이다. 그러나 프랑스는 빵집을 오픈하는 사람 대부분이 기존 빵집 중 매매하려고 가게를 내놓은 곳을 찾는다. 물론 빵집 전문 중개인이라 해서 빵집만 중개하는 것은 아니지만, 몇몇은 파리에서 거래되는 빵집만 도맡아 중개한다. 르 그르니에 아 팽을 팔 때도 전문 중개인을 통했고,

새로운 빵집을 열기 위해 자리를 알아볼 때도 가장 먼저 전문 중개인에게 의뢰했다.

매장 자리를 알아보는 또 다른 방법은 밀가루 회사를 통해 정보를 얻는 것이다. 밀가루 회사는 여러 빵집에 밀가루를 공급하다 보니 빵집 동향에 누구보다 훤하다. 또 자신들에게 밀가루를 공급받던 빵집이 매매로 나올 경우 그곳에 들어오는 새로운 주인에게도 밀가루를 계속 공급하기 위해 매물 중개에 적극적이다. 그래서 우리도 기존에 거래하던 밀가루 회사에 연락해 새로운 매장 자리를 찾고 있다고 알렸다. 그 밖에도 상점만 전문으로 하는 중개인과도 접촉해 되도록 많은 매물을 살펴보고자 했다.

우리는 40여 개가 넘는 제과점을 부지런히 방문했다. 하지만 위치가 괜찮으면 매장과 공장 내부가 너무 작거나, 유동 인구가 너무 없는 지역이라거나, 매매가격이 너무 높다거나 하는 등 딱 마음에 드는 곳을 찾기 어려웠다. 남편은 10년 넘게 파리에 살았지만 루브르 박물관도 한번 안 가봤을 정도로 집과 가게만 오갔기 때문에 파리에 아는 곳이 하나도 없었는데, 가게를 보러 다니면서 파리 골목골목을 다 파악했을 정도로 구석구석 안 다녀 본 곳이 없다.

매물이 나오면 먼저 주변과 유동인구를 살펴보고 마음에 들면 중개인과 함께 방문했다. 그렇게 몇 개월간 매장 자리를 찾아다녔지만, 우리가 원하는 곳을 만나지 못했다. 그러기를 몇 개월, 기다리다 못해 빵집이 아닌 카페나 레스토랑 매물이라도 좋으니 괜찮은 곳이 있으면 연락 달라고 중개인에게 부탁했다. 번거롭더라도 기존 업종에서 용도를 바꾸어 사용하는 쪽으로 선택의 폭을 넓힌 것이다.

매장 찾기에 지쳐 가던 어느 날, 남편은 중개인과 미팅한 후 별다른 소득 없이 사무실을 나섰다. 날씨는 살짝 쌀쌀했지만 따가운 햇살에 이끌려 집으로 돌아가는 대신 근처 뤽상부르 공원에 들어가 의자에 앉아 있었다. 낮인데도 공원에서 달리기를 하는 사람이 많았다. 긴 겨울을 지내고 난 파리지앵은 해만 났다 하면 밖으로 나오는 습성이 있어 공원에는 사람이 꽤 많았다. 멍하니 얼마간 시간을 보내고 있는데 남편의 전화기가 울렸다. 익숙지 않은 번호가 떠 있었다. 하도 많은 중개인과 연락하고 매물을 보았더니, 전화를 준 중개인이 어느 사이트의 어떤 중개인인지 헷갈렸다. 어차피 통화만으로는 아무것도 알 수 없으니 직접 만나기로 하고 얼떨결에 약속까지 잡았다.

그렇게 찾아간 곳은 중국인이 운영하는 스시집이었다. 파리 부촌인 6구, 프랑스에서 가장 오래됐다는 봉마르셰 백화점이 지척에 있는 가게였다. 매장 위치가 꽤 마음에 들었다. 매장 안은 관리가 되지 않아 어수선해 보였고 입구가 작은 것이 다소 마음에 걸렸으며, 꿈꾸던 지상 공장도 아니었다. 하지만 1층에 매대는 물론 의자와 테이블을 놓을 만한 공간이 있고 지하에 널찍한 공간도 있어 빵 작업에 적합할 듯했다. 전면이 넓지 않고 안으로 길쭉한 형태라는 게 조금 아쉽긴 했지만, 빵집을 인수하는 게 아니라 스시집을 빵집으로 변경하는 것이기 때문에 직원을 인수할 필요도 없었고, 쉬는 날도 원하는 요일로 정할 수 있었다. 우리가 잘 아는 동네는 아니었지만, 오래전 지나다가 스치듯 이런 곳에 매장을 열면 좋겠다는 생각을 했던 기억이 떠올랐다. 그 후 남편과 함께 며칠간 그 가게를 찾아가 보았다. 길에서 가게 앞을 오가는 사람과 주변 상권을 살피며 이런저런 상상을 보았다. 꽤 괜찮을 것 같다는 생각이 들었다. 그렇게 우리의 두 번째 가게 위치가 결정되었다.

마음에 드는 빵집 매물을 찾지 못한 우리는

어느 중국인이 운영한다는 스시집을 인수해

용도 변경을 신청하고 빵집을 열기로 했다.

드디어 우리 브랜드 빵집을 오픈하는

긴 여정이 시작되었다.

## 느려도 너무 느린 프랑스

장소를 결정한 뒤 곧바로 서류 작업이 시작됐다. 이후 계약서에 사인하기까지 3개월의 시간이 흘렀다. 중개인을 통해 임대료가 흥정되면 우선 가계약을 한다. 가계약을 하면 본계약까지 주인이 다른 사람과 거래하지 못하도록 법적으로 보장된다. 양쪽 변호사를 통해 가계약서의 내용을 정하고 세부 사항을 조정하는 데만 2~3주가 소요됐다. 매매 당사자와 양쪽 변호사, 그리고 중개인이 모두 참석할 수 있는 날로 약속을 잡는 과정에서 며칠이 더 추가됐다.

가계약한 후 최대 3개월 안에 본계약을 한다. 그 기간 동안 은행에 대출을 신청해야 하는데, 본계약까지는 대출이 완료되어 계약 당일 은행 수표로 매매 금액을 지불해야 한다. 담보대출이 아닌 신용대출이 주된 대출 방식인 프랑스 은행은 사업장의 가계약서와 사업 계획서, 그리고 대출 신청자의 능력을 심사해 대출 심사를 진행한다. 이 기간이 적어도 한 달, 때로는 그 이상 걸리기 때문에 되도록 여러 은행에 동시에 문의해야 시간을 절약할 수 있다.

우리는 매장을 오픈하는 데 최대한 얼마의 금액이 필요한지 계산하고 이를 바탕으로 전에 빵집을 하면서 거래하던 은행과 중개인을 통해 소개받은 은행에 대출을 신청했다. 보통은 세 개 은행에 신청하는데, 가계약 이후 자금이 부족해 해약하려면 세 곳 이상의 은행에서 대출을 거절당했다는 증거가 필요하기 때문이다. 하지만 우리는 기존에 거래하던 은행에서 대출이 잘 이루어질 것이라는 믿음이 있어 만약을 대비해 한 곳 정도만 추가로 신청하는 것으로 충분하리라고 생각했다.

은행은 대출 신청자가 이 사업을 잘해 나갈지 꼼꼼하게 따져 본다. 담보 없이 신용으로 대출을 신청하다 보니 우리가 지난 10여 년간 운영했던 르 그르니에 아 팽의 자료를 요구했다. 제출한 자료에 문제가 없었는지 다행히 두 은행 모두에서 대출이 가능하다는 긍정적 답변이 왔는데, 처음 예상과 다르게 기존 거래 은행의 대출 금액이 필요에 미치지 못해 중개인을 통해 소개받은 은행에서 대출을 받게 되었다. 새로 거래하기로 한 은행의 담당자는 자신의 아버지도 빵집을 했다며 적극적이고 친절하게 일을 진행해 주었다. 이런 우연한 인연이 진행에 크고 작게 도움이 되었다.



7월 말, 드디어 본계약서를 작성하는 날이 다가왔다. 본계약 때는 계약 당사자, 부동산업자, 각자의 변호사, 세무사 등을 대동해 또다시 엄청난 양의 서류를 함께 꼼꼼히 읽고 교차 체크한다. 우리의 경우 옛 제과점을 정리할 땐 관련 인원이 열세 명, 새로운 가게를 계약할 땐 양측 합쳐 열 명에 달했다. 관련자가 모두 모일 수 있는 날짜를 잡기 또한 쉽지 않아 시간이 한참 소요됐다.

그렇게 최종 계약서에 사인하고 열쇠를 받았다. 3월 14일 가계약을 했으니 대략 4개월이 걸린 것인데, 그나마 매끄럽게 진행된 편이다. 물론 가계약서도 효력이 있어 본계약서를 작성하기 전에 그것을 바탕으로 행정적인 일을 진행할 수 있었다.

가장 먼저 한 일은 용도 변경, 그리고 매장 입구가 있는 전면 공사를 허가 받는 것이었다. 프랑스에서 제과점은 일반 음식점과 달리 장인(Nourriture artisanale) 영역으로 분류되기 때문에 일반 음식점을 계약한 우리는 제과점으로 용도 변경을 신청해야 했다. 단일 일반 용도 변경이면 신고만 해도 되는데, 출입구와 입면 전면 공사가 필요했기에 신고가 아닌 허가가 필요했다. 파리시는 건물 하나하나를 문화재로 보존하고 철저하게 관리하기 때문에 가게 전면을 공사하려면 시의 허가를 받아야 한다. 그뿐만 아니라 테라스 허가와 전기공사 허가까지, 장장 1년 가까이 걸리는 끔찍한 행정 지옥이 우리를 기다렸다.

수십 번 넘게 관공서를 방문해도 행정절차가 끝날 기미가 보이지 않았다. 널리 알려져 있듯, 프랑스는 행정과 서류가 굉장히 복잡하고 느린 관료제 문서주의 사회다. 세계에서 종이를 가장 많이 사용하는 나라가 아닐까 싶을 정도로 요구하는 서류도 많다. 약속을 잡는 것도 쉽지 않고 전화 연결도 어려운 가운데 답답하고 지루한 날이 수개월간 지속되었다.

특히 골치 아팠던 부분은 가게 전면 디자인이었다. 우리는 가게 콘셉트를 동색으로 잡고, 입구에 동색 타일로 포인트를 주고 싶었다. 하지만 주변 가게들과의 조화를 해칠 수 있다며 좀처럼 허가를 내주지 않았다. 결국 거의 모든 것을 포기하고 시가 권유하는 쪽으로 수정하고서야 허가를 받을 수 있었다. 이런 방식으로 파리라는 도시가 손꼽히는 문화 도시로 보전되는구나 싶다가도, 그 불편을 고스란히 떠안아야 하는 입장에서는 울분을 삼키는 일이 한두 번이 아니었다. 이리저리 꼬인 서류와 답도 없는 행정 담당자 사이에서 여기저기 보내지는 탁구공 신세가 되어 처분만 기다리는 동안에도 살인적인 월세를 감당해야 했고, 가게 문을 열지 못하고 하늘만 바라보는 시간이 기약도 없이 이어졌다.

전기공사 허가도 어렵기는 마찬가지였다. 빵집은 거대한 오븐과 냉장 시설을 사용하기 때문에 일반 상점에 비해 두 배 이상의 전력을 사용한다. 새 매장 자리는 원래 빵집이 아닌 스시집이 있었던 곳이라 전력량을 늘리는 작업도 해야 했다. 당시에 프랑스는 마크롱 대통령이 사회 시스템을 개혁하고 있었는데, 그 과정에서 전력에 관한 시스템도 바뀌었다. 우리는 기존에 사용하던 프랑스전력공사(EDF)가 아닌 에네디스(Enedis)라는 전력 회사를 통해 공사를 진행해야 했다. 문제는 과도기라 바뀐 시스템을 제대로 아는 사람이 많지 않아 그렇잖아도 느린 과정에 우왕좌왕 헤매는 일이 더 많아졌다는 것이다. 허가 서류를 준비하고 접수하는 데만 두 달 이상이 걸렸고, 한없이 길게 밀려 있는 허가 순서를 당기는 데도 갖은 애를 써야 했다. 담당자는 수시로 바뀌고 일하지 않는 날이 일하는 날보다 많은 것 같았다. 수십 통의 전화와 이메일을 주고받고서야 겨우 원하는 작업을 진행할 수 있었다.

전력 증강 공사는 접수 후 5개월 만에, 가게를 인수한 지 7개월이 지난 2019년 3월 6일에야 겨우 이루어졌다. 이것도 억세게 운이 좋은 것이라며 1년 이상 기다리는 사람도 많다고 관청에서는 축하의 말을 건넸지만, 빵집 오픈을 2일 앞두고 겨우 전략 증강 공사를 한 우리의 속은 까맣게 타 들어갔다. 심지어 테라스는 이보다 더 시간이 걸려서 빵집을 오픈하고 1년 후, 거의 잊고 있을 즈음에야 허가가 떨어졌다.

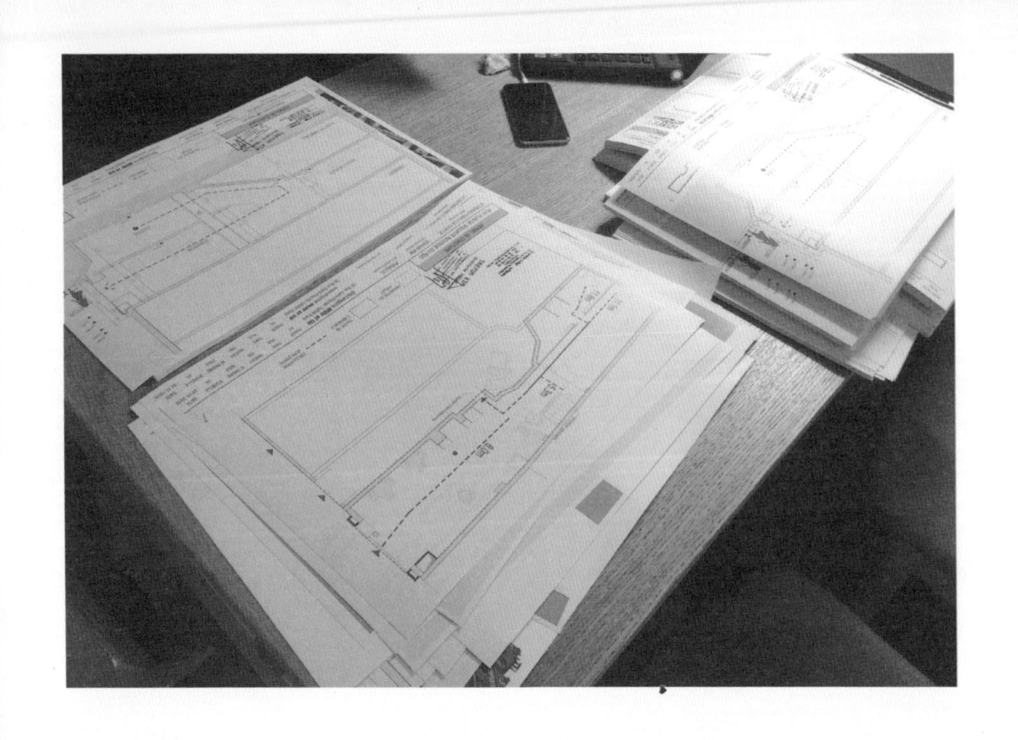

행정 지옥으로 유명한 프랑스에서
끝도 없는 서류와의 싸움은
인내심의 한계를 시험하는 듯했다.
아마 지구상에서 종이를
가장 많이 사용하는 나라일 것이다.

## 인테리어 전쟁

답답한 건 행정뿐만이 아니었다. 대출을 받고 계약을 완료한 후 7월 말에 매장 열쇠를 넘겨받았지만 공사 업체 사정으로 9월이 되어서야 공사를 시작할 수 있었다. 우선 기존 시설과 인테리어를 철거했는데, 그래도 이 작업은 생각보다 빠르게 진행됐다. 시설을 모두 철거한 후 뼈대만 남은 공간을 마주하자 우리가 원하는 그림을 그릴 수 있는 흰 도화지를 받은 듯한 느낌이었다. 남편은 오븐, 반죽기, 그리고 냉장고, 냉동고, 작업대 등을 어디에 둘지 구상하며 효율이 최대화되도록 동선을 설계했다. 공간이 조금 모자라 처음 계획과 달리 자리가 바뀌기도 하고, 동선을 위해 기계를 좀 더 작은 것으로 바꾸기도 하며 그럭저럭 공사 방향이 정해졌다. 그러나 이때만 해도 이 공사가 무려 8개월이 걸릴 것이라고는 상상도 하지 못했다.

파리의 카페에 가 본 경험이 있는 사람이라면 프랑스인의 고집 혹은 고정관념이 얼마나 강한지 알아챌 수 있을 것이다. 셀 수 없이 많은 카페의 인테리어가 다 거기서 거기다. 빵집도 비슷하다. 인테리어에 주로 사용하는 색만 조금 다를 뿐 분위기와 구조가 천편일률적이다. 아무리 파리에서 건물을 원하는 대로 변경하기 어렵다는 것을 감안하더라도 그 모습이 너무나 흡사하다.

우리는 조금 더 산뜻한 분위기를 원했다. 첫 번째 가게도 전형적인 제과점 인테리어였기 때문에, 이번에는 모던하면서도 밝은 분위기의 색다른 공간으로 꾸미고 싶었다. 여러 초안을 가지고 고민하다가 다소간의 모험심을 가미해 큰 밑그림을 정했다.

하지만 이때부터 갖은 사건 사고가 터지기 시작했다. 물론 공사를 하다 보면 돌발 변수가 있기 마련이다. 천장을 제거해 좁다란 공간에 개방감을 주려 했는데, 막상 철거하고 보니 도무지 손댈 수 없는 상황이라 다시 덮어야 했고, 입구의 컬러 포인트도 시의 허가가 나지 않아 포기해야 했다. 초안에 사용하고 싶었던 마감재는 생산자가 갈팡질팡하며 몇 차례 말을 바꾸다가 결국 포기하고 다른 마감재로 바꾸는 것으로 결론을 내리기도 했다.

가장 큰 문제는 초안을 설계한 건축사가 개인 사정으로 한국으로 들어가야 한다는 것이었다. 선장이 갑자기 배를 떠나니, 현장은 우왕좌왕 난장판이었다. 나름 소개받아 계약한 인테리어업자들은 현장을 여러 개 걸어 놓고 이런저런 핑계를 대며 한없이 공정을 늘리기만 했다. 처음엔 대여섯 명이었던 인부는 날이 갈수록 세네 명으로, 다시 두 명으로 바뀌더니 마지막 무렵에는 거의 한 명만 남았다.

인건비가 비싼 프랑스에서 소규모 인테리어 회사들은 감독직을 제외하면 주로 외국인 노동자가 일하는데, 우리는 방글라데시 업체와 일을 하게 되었고, 프랑스어를 할 줄 아는 감독이 아침에 그 나라 말로 설명을 하고 떠나면 남편은 말도 통하지 않는 인부들과 종일 실랑이를 벌여야 했다. 시간 약속을 제대로 지키지 않는 것부터 시작해 등 거꾸로 달기, 잘못된 위치에 구멍 뚫기, 문 거꾸로 달기, 페인트를 칠하고 달아야 하는데 달고 나서 페인트칠하기, 간격 바꾸기 등 크고 작은 사고가 있었지만 그중 가장 견디기 힘든 것은 수시로 거짓말을 한다는 점이었다.

업체가 약속했던 3개월이 지났지만, 진척되는 일도 없이 기한은 끝도 없이 늘어졌고, 건축의 건 자도 모르는 우리는 선장까지 잃고 절망의 나락으로 떨어지고 있었다. 그때 마치 구세주처럼 우리 앞에 등장한 이가 있었다. 프랑스의 유명 건축가 장 미셸 빌모트(Jean-Michel Wilmotte)가 설립한 대형 건축회사에서 일하는 정원철 팀장을 우연히 교회에서 만난 것이다. 그는 막막하던 우리에게 주저 없이 도움의 손길을 내밀어 주었다.

원철 씨 덕분에 우리는 인테리어 콘셉트를 수정하고 현장에 대해서도 여러 조언과 도움을 받으며 실타래처럼 헝클어져 있던 상황을 하나씩 정리해 나갈 수 있었다. 인테리어 디자인뿐만 아니라 필요한 행정 서류 준비, 전문가 소개까지 척척 도움을 준 그가 아니었다면 오픈까지 1년은 더 걸렸을지도 모르겠다.

우여곡절 끝에 완성된 매장은 깔끔하고 세련되며 현대적이었다. 프랑스 주방 기구의 대표 재질인 동을 사용해 포인트를 주었다. 옛 모습을 정성스럽게 간직하고 있다는 것이 파리의 가장 큰 매력이지만 변화 없는 일상의 공간은 그 안에서 지내야 하는 사람들에게 가끔은 지루함 그 이상이다. 그래서 매장 내부에 소소하고 한정된 것이었지만 색다른 공간을 만들고 싶었다. 별것 아니지만 벽면에 빵을 진열하던 방식을 바꾸어 높은 진열 타워를 세웠다. 손님이 직접 눈앞에서 빵을 보고 고를 수 있게 한 것이다.

새로운 매장의 가장 큰 한계는 폭이 좁고 길다는 점이었다. 파리의 건물은 정면이 좁은 반면 안으로 깊이 들어가 있는 경우가 많은데 우리 매장도 그랬다. 입구 쪽은 불과 5미터가 조금 넘지만 안쪽으로는 20여 미터를 훌쩍 넘는 공간으로 이어졌다. 넓은 안쪽에는 우리가 원하는 테이블 공간을 마련할 수 있었다.



문제는 입구 쪽이었다. 밖에서 볼 때 이곳에서 빵과 디저트를 팔며, 안에 들어와 차를 마실 수도 있는 공간이라는 걸 한눈에 알아보게 해야 하는데, 폭이 좁은 공간에 진열대를 놓고 사람이 지나다니는 동선에 앉을 곳까지 마련하는 게 쉽지 않았다. 드나드는 사람이 많은 빵집 같은 경우 들어오는 사람과 나가는 사람이 편하게 지나다닐 수 있는 공간을 만들어 주는 것이 중요하다. 하지만 우리는 이를 포기하고 매대 건너편으로도 벽면에 기대 앉을 수 있는 자리를 만들고 테이블도 놓았다. 그리고 등을 대는 벽면에는 공간감을 살리기 위해 전면을 거울로 처리했다. 판매대 뒤로 판매 직원들이 움직일 수 있는 공간도 협소해지고 바쁜 시간대에는 직원도 손님도 불편을 감수해야겠지만, 제한된 환경에서는 어쩔 수 없는 일이었다.

한 가지 다행인 점은 이런 공간의 제약에 익숙한 파리 사람들은 지나가기 위해 기다리고 배려하는 것에 크게 불평하지 않는다는 사실이었다. 좁은 인도를 침범해 삐죽 나와 있는 테라스 테이블 때문에 길이 좁아져도 기다렸다 피해 가는 걸 당연하게 생각하는 프랑스 사람들에게는 큰 불만 거리가 되지 않았다.

포기할 건 포기하고 꼭 얻어야 할 것은 얻는 많은 선택의 흔적이 쌓여 빵집은 지금의 모습을 갖추었다. 건축가가 사라진 현장에서 부부가 8개월이라는 인고의 시간을 버틴 결과였다.

MANDARINE SUSHI

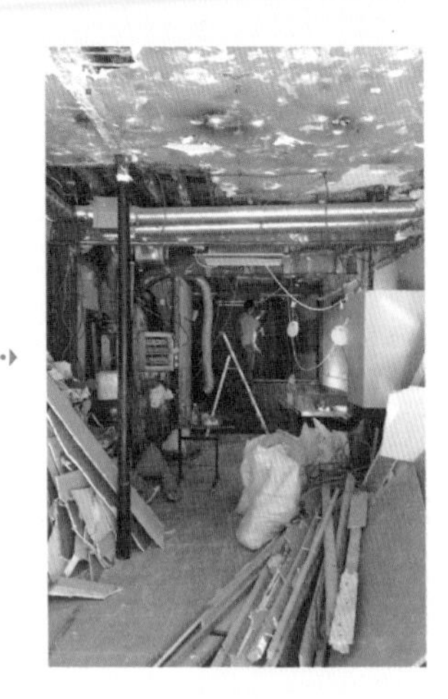

Boulangerie
Mille & Un
Pâtisserie
Mille et Un
밀레앙
BOULANGERIE
PÂTISSERIE
SALON DE THE

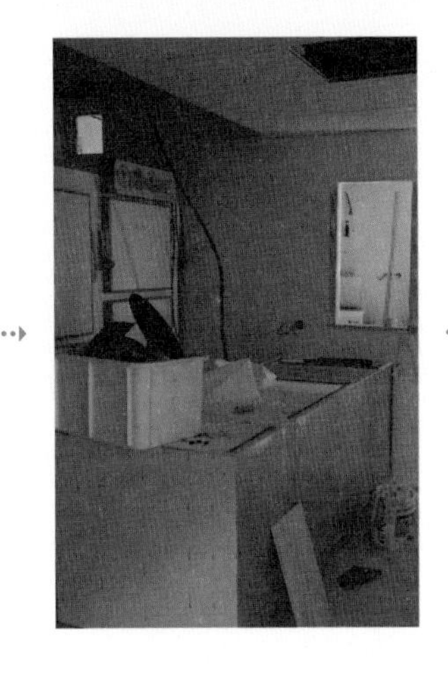

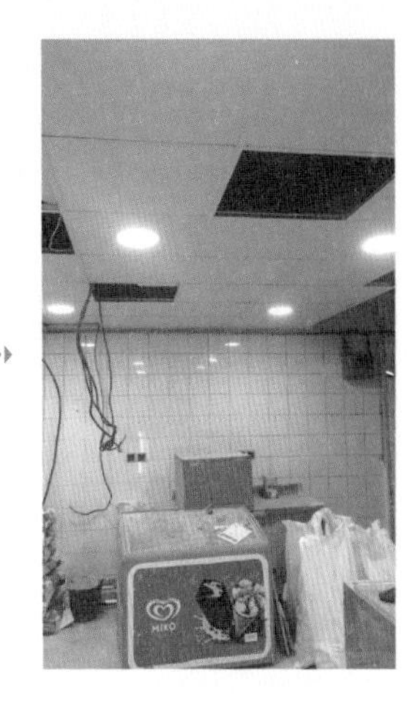


45평 빵집 인테리어에 8개월이 걸렸다고 말하면

한국 사람들은 믿을 수 있을까.

그것도 꼬박꼬박 월세를 내면서!

## 수많은, 헤아릴 수 없는 열정

32, Rue Saint. Placide 75006 Paris.

파리에서도 부촌이라는 6구, 봉마르셰 백화점 근처의 생 플라시드 거리에 있는 우리만의 빵집. 이곳을 뭐라고 부르면 좋을까. 끝없는 행정 지옥과 아수라장 같은 공사 현장에서도 우리가 가장 심각하게 고민했던 것이 바로 이름이다. 프랑스에서 프랑스 빵을 만들고 있지만, 새로운 우리만의 브랜드에서는 한국적인 것도 선보이고 싶었다. 한국인이 하는 빵집이라는 정체성이 이름에서 드러났으면 했다.

남편은 가게 이름에 우리말 '밀'이란 단어를 사용하고 싶다고 했는데, 언제나 본질을 중요하게 생각하는 그다운 발상이었다. 빵은 밀가루로 만드는 것이니까. 의도는 좋았으나 우리말 '밀' 발음이 들어간 조화로운 프랑스어 단어를 찾는 게 생각보다 쉽지 않았다. 프랑스 사람들에게 낯설지 않으면서도 한국적인 느낌을 주는 이름이 무엇일까 한참 고민했다. 막연한 꿈이지만, 언젠가 만약 한국에 지점을 냈을 때 한국 사람들에게도 바로 프랑스를 떠올리게 할 단어가 없을까?

머리를 싸매고 고민하던 우리를 옆에서 지켜보던 아들 형철이 가볍게 거들었다.

"밀레앙(mille & un) 어때요?"

프랑스어로는 1001이라는 숫자를 의미하는 밀레앙. '1000보다 많은', '수많은', '헤아릴 수 없는'이라는 뜻을 지닌 프랑스의 옛 시적 표현으로 '밀 에 윈 뉘(mille et une nuits)'가 있다. 그 기본형인 밀 에 윈의 남성형 단어가 밀레앙이다. 남성형과 여성형이 있는 복잡한 프랑스어는 이곳에서 20년을 살아온 내게도 여전히 어렵지만, 이곳에서 인생 대부분의 시간을 보낸 아들 형철이에게는 그렇지 않은 모양이었다. 너무 쉽게 툭 내뱉어진 그 이름은 듣자마자 우리 마음에 쏙 들었다.

신비로운 수많은 제품을 선보이는 빵집이라니. 빵에 대한 헤아릴 수 없는 우리의 열정을 표현하는 것 같아 좋았다. 자신의 이름을 내세우거나 맛있는 빵집 정도의 이름을 사용하는 다른 빵집에 비해 훨씬 근사하고 매력적으로 느껴졌다.

나중에 단골이 된 프랑스 손님들이 우리 가게 이름의 의미를 물어 오곤 했는데, 프랑스어 'mille'의 발음이 한국말 '밀'과 같다고 설명해 주면 모두 신기해하며 단어 유희에 재미있어했다.

로고는 또다른 지인의 도움을 받았다. 프랑스 정착 초기에 앙제에서 함께 지낸 이웃이자 꼬마 유학생이던 송태인이라는 친구가 함께해 주었다. 어느새 훌쩍 자라 미술을 전공한 그가 선뜻 로고 디자인을 맡아 주었다. 훗날 태인이는 그 유명한 루이비통에서 VIP 고객이 구입한 가방이나 트렁크에 원하는 그림을 직접 그려 넣어 주는 아티스트로 일하며 독보적 감각을 인정받았다. 태인의 도움을 받아 만든 여러 콘셉트의 디자인 시안에 지인들의 의견을 종합해 근사한 로고가 탄생했다. 이 멋진 로고는 인테리어에도 십분 활용해 안쪽 테이블 공간에 포인트로 장식했다.

말이 안식년이지, 새로운 브랜드 매장 오픈 과정은 두 번은 못하겠다는 말이 절로 나올 정도로 쉽지 않았다. 온갖 사건 사고로 눈앞이 캄캄할 때 도움의 손길을 내밀어 준 사람들이 아니었다면 빵집을 오픈하지 못했을 것이다. 사람의 인연이란 얼마나 오묘한가. 오픈 과정에서 매 순간 스쳐 가는 인연에 최선을 다해야겠다는 생각이 들었다.

그리고 드디어 2019년 3월 18일, 오픈일이 다가왔다.

밀레앙 로고는 앙제 시절부터 알고 지낸

송태인 작가가 디자인해 주었다.

# Story

# 05.

# 파리에서 살아남기

양승희

"빵이 오가는 그 짧은 사이,
오늘 있었던 일이나 생각, 기쁨과 슬픔,
분노와 위로 등 삶의 소소한 감정을
서로 나눈다."

Boulangerie
Mille & Un
Pâtisserie
Mille et Un
밀레앙
Mille & Un
ARTISAN
BOULANGER
BOULANGERIE
PÂTISSERIE
SALON DE THÉ
Mille & Un
밀레앙
Formules sandwich
Formules Salade
Formule Mille & Un

## 어서 오세요, 밀레앙 빵집입니다

밀레앙 오픈 첫날이 밝았다. 이틀 전에야 전력 증강 공사를 마무리 했기에 새로운 주방에 적응하랴, 메뉴를 정비하고 빵 만들랴 지하에 위치한 공장은 정신없이 돌아갔다. 그에 비해 1층 매장은 드나드는 사람 없이 한산했다.

첫 매장에서의 경험이 있어 이번에는 그리 당황하지 않았다. '오픈발'이 없는 프랑스 문화를 몰랐던 것도 아니니, 묵묵히 문을 열고 있으면 사람들이 우리를 알아봐 줄 거라는 믿음이 있었다.

문제는 다른 데 있었다. 거리를 지나다니는 사람들이 아예 우리 가게가 빵집이라고 생각하지 않는다는 점이었다. 보통은 빵집이 있는 자리에 새로운 빵집이 들어오는 프랑스에서, 중국인이 운영하는 스시집이 있던 자리에 빵집이 들어올 줄은 생각도 하지 못했던 것 같다. 게다가 가까스로 오픈 준비는 했다지만, 이런저런 공사가 늦어지면서 간판도 제대로 달지 않은 탓이 컸다. 호기심을 갖고 가게를 흘깃 본 사람들조차 “여긴 뭐 하는 곳인가요?” 하고 물을 정도로 프랑스 사람들이 생각하는 기존 빵집 분위기와는 사뭇 달랐던 것이다.

프랑스 빵집은 대부분 나무 인테리어를 기본으로 하고 멀리서 보기에도 딱 ‘빵집’처럼 생겼다. 좋게 말하면 따스하고 편안한, 나쁘게 이야기하면 어두컴컴하고 전형적인 곳이 대부분이다. 그에 비해 우리 가게는 밝고 화사한 편이라 사람들은 이곳이 빵집이 아닌 인테리어 숍 혹은 살롱 드 테라고 착각했다. 살롱 드 테는 우리말로 번역하면 찻집이지만, 흔한 카페라기보다 예전부터 파리 귀족들이 차를 즐기던 고급스러운 사교 문화의 장이었다. 지금도 프랑스의 유서 깊은 동네에는 100년 넘은 역사를 지닌 살롱 드 테가 우아하고 고풍스러운 분위기를 자랑하며 자리하고 있다.

예쁘고 세련된 밀레앙의 인테리어가 파리 사람들에게는 약간 문화 충격으로 느껴졌는지, 들어오는 손님마다 빵집인 줄 몰랐다, 가게가 예쁘다는 칭찬을 아끼지 않았다. 하지만 우리는 프랑스 사람들의 주식인 바게트와 캉파뉴부터 크루아상, 팽 오 쇼콜라 같은 비에누아즈리와 디저트까지 모두 파는 제과점이니 참새가 방앗간 가듯 쉽게 들어와야 하는 공간인데, 세련된 외관과 인테리어 덕분에 이런 오해를 받으니 타개책이 필요했다.

밖에서도 빵이 잘 보일 수 있도록 입구 쪽 진열대에 빵을 가득 쌓아 두거나, 팔다 남아 굳은 빵을 바깥 유리창 앞에 쌓아 진열하기도 했다. 유리창에는 'boulangerie', 'pâtisserie', 'salon de thé'라고 크게 적어 붙여 두었다.

물론 그런다고 없던 손님이 밀려 들어오는 일은 생기지 않았다. 첫 가게를 경험하면서도 느낀 거지만 콧대 높은 파리시민의 마음을 사로 잡으려면 오랜 인내심이 필요하다. 아무도 들어오질 않으니 문을 열어 놓고 거리에 나가서 지나가는 사람들에게 인사를 건네며 빵집에 오라고 이야기하는 호객 행위도 서슴지 않았다. 매일 판매하고 남은 빵을 유리창 앞에 진열해 두면 지나가는 사람들이 사진을 찍기도 했고, 그걸 보고서야 빵집인 줄 알고 들어오는 손님도 있었다. 밀가루 회사에 부탁해 시식회를 열기도 했다. 그렇게 노력하는 사이 아주 조금씩 손님이 늘어 갔다.

Mille & Un

## 밀레앙 마담 서의 하루

모두가 느지막이 깨어나는 파리의 토요일 이른 아침. 한적한 지하철에서 내려 혼자 종종걸음을 걷는다. 지하철을 놓쳐 10분이나 기다렸기 때문이다. 나이가 들면 잠이 줄어든다는데 나만 예외인가 보다. 매일 쏟아지는 잠에 맥을 못 추는걸 보면.

지하철역 계단을 오르면 파리의 상징인 에펠탑을 건축한 귀스타브 에펠의 건축물로 유명한 옅은 옥색의 봉마르셰 백화점이 눈앞에 나타난다. 봉마르셰는 '저렴한'이란 뜻의 단어이기도 한데, 아마 초기에는 이런 이름의 전략으로 손님을 모으고 싶었던 것 같지만 지금은 아이러니하게도 최상급 제품만 모아 놓은 파리 최고의 고급 백화점이 되어 버렸다. 파리를 대표하는 백화점인 라파예트, 프렝탕과도 차별화된 곳이며 영부인 같은 유명인이 즐겨 찾는 백화점이다.

봉마르셰 백화점을 지나 골목을 접어들어 약 200~300미터만 더 걸으면 우리 제과점 밀레앙이 나온다. 종종걸음으로 부지런히 제과점에 들어서면 이른 새벽부터 일한 우리 제과 제빵 식구들이 열심히 만들어 낸 각종 빵과 비에누아즈리가 저마다 진열을 기다리며 이곳저곳 흩어져 나의 손길을 기다린다. 손님이 우리 제품을 한눈에 볼 수 있도록 진열을 서둘러야 한다. 모두에게 최고의 자리를 찾아 줘야지!

이런저런 모양의 바구니를 골라 촉촉하고 바삭바삭 소리가 들리는 크루아상, 팽 오 쇼콜라, 쇼송 오 폼, 그리고 아이들이 가장 좋아하는 눈설탕 슈케트 등을 돋보일 수 있는 모양으로 보기 좋게 담아내고 아직도 온기를 머금고 있는 갓 구운 빵도 열 맞춰 세우며 진열을 서두른다. 비닐 포장을 해야 하는 제품도 빠른 손길로 포장하고 새콤달콤한 갸토 역시 색의 조화를 맞춰 가며 진열하고 나면 드디어 고객님 맞을 준비가 끝난다. 밀레앙에서 만드는 빵과 디저트는 90여 종이 넘는다.

가끔은 진열을 마치기도 전에 손님들이 들어오기도 하는데, 어수선한 상태에서 받은 빵임에도 환한 미소로 맛있겠다며 "너희 빵 정말 최고야"라고 덕담해 주는 말 한마디에 큰 자부심과 행복감이 밀려오는 것을 숨길 수 없다.

아침 7시 30분, 이른 시간부터 손님이 하나둘 찾아든다. 빵을 썰어 달라는 요구에도 금방 만들어 낸 빵이라 썰어 드릴 수 없다고 당당하게 말씀 드리면 더욱더 흡족한 웃음으로 윙크하고 가게를 나서는 손님들. 모두 감사한 분들이다.

파리 6구가 어떤 곳인가. 파리 토박이들이 할아버지, 할머니, 아버지, 어머니, 아들, 딸 등 대를 이어 살아가는 부촌이며, 콧대 높은 원조 파리지앵들이 사는 동네다. 한 동네에서 태어나서 자라고 교육받고, 그 주변과 이웃들을 벗어나 본 적이 거의 없는 터줏대감들이 사는 동네. 이런 곳에서 저 멀고 먼 동양의 한국이란 나라에서 온 검은 머리 셰프가 자기들의 바게트를 만들어 먹이겠다고 나서니, 이 얼마나 묘한 상황인가. 마치 한국 압구정동에 외국인이 반찬 가게를 열고 김치를 파는 느낌이 아닐까. 이런 상황에서도 밀레앙으로 한걸음 내디뎌 들어오는 우리의 손님들은 모두 용감하고도 모든 편견을 이겨 낸 위대한 분들 아닌가.

점심시간이 되기 전까지 빵집의 오전은 정신없이 흘러간다. 점심 손님을 받기 위한 준비를 서둘러야 하기 때문이다. 점심시간은 매장 매출을 안정적으로 받쳐 주는 중요한 피크타임이다. 잠봉 뵈르 같은 간단한 샌드위치부터 샐러드, 한국식 비빔밥까지 밀레앙에는 파리시민들이 점심을 사 가거나 먹을 수 있도록 다양한 메뉴를 준비한다. 그중 비빔밥은 특히 잘나가는 메뉴 중 하나다. 프랑스에서도 케이팝 열풍과 더불어 한식이 큰 인기를 끌고 있다. 밀레앙은 빵집이지만, 매장에 앉아서 먹고 갈 수 있는 테이블을 구비해 점심 식사는 물론 케이크와 함께 차 한잔을 할 수도 있다. 한여름에는 팥빙수를 먹으려는 손님들이 줄을 서기도 한다.

정신없는 점심시간이 끝나면 오후부터는 관광객이나 저녁에 먹을 빵을 포장해 가는 단골손님이 빵과 디저트를 산다. 이 시간쯤 나는 매장을 담당하는 직원과 교대하고 빵집에서 멀지 않은 게스트하우스를 정비하러 간다.

게스트하우스를 정리하고 매장에 돌아오면 해가 지는 저녁 시간이라 슬슬 매장을 정리한다. 저녁까지 바게트를 굽는 직원을 제외한 공장 사람들은 4시 이전에 퇴근하기 때문에 지하는 조용하다. 야간 근무조, 새벽 6시에 출근해 오후 4시에 퇴근하는 조, 오전 10시에 출근해 오후 7시에 퇴근하는 조로 나뉘어 일하기 때문이다.

오후 7시 30분에 매장 문을 닫고 청소도구를 꺼내 구석구석 청소하기 시작한다. 8시, 문을 닫고 퇴근할 무렵에는 해가 다 저물어 있다. 남편은 4시에 퇴근해 식사를 마치고 잠을 자고 있을 시간. 센강을 따라 조금 걸으며 집으로 향해 간다.

오늘도 바쁘고 뿌듯한 하루였다.

## 가족과 행복

프랑스에 처음 온 2002년, 네 살이었던 형철이와 10개월이었던 유진이는 훌쩍 자라 밀레앙을 오픈할 때는 각각 스무 살, 열여섯 살이 되었다. 유진이는 프랑스가 고향이나 마찬가지지만, 한창 말을 배우고 친구를 사귈 나이에 프랑스로 온 형철이는 처음 적응하기 힘들어 해 걱정도 많이 했다. 어려서부터 아픈 곳이 많았던 형철이가 열이라도 오르면 덜컥 겁이 났고, 한국인이 거의 없던 앙제에서 친구를 사귀지 못하고 집에 돌아와 아무 말 없이 울기라도 하면 그렇게 미안하고 마음이 미어질 수 없었다. 다행히 형철이는 빠르게 적응해 친구도 사귀고 언어도 부쩍 늘어, 엄마와 아빠에게 오히려 통역을 해 주며 여러 도움을 주었다.

낯선 나라, 낯선 문화에서 아이들이 너무 빨리 철이 든 것은 아닌가 걱정도 됐다. 늘 현실에 쫓기듯 사는 동안 아이들 마음을 제대로 보듬어 주지 못한 것은 아닐까. 한편으로는 이민자 2세로 프랑스 사회에서 살아가야 할 아이들의 미래가 걱정되어 늘 성실하게, 열심히 살아야 한다고 누누이 당부했다.

고등학생이 된 형철이가 어느 날 대학에 진학하지 않고 취업하겠노라고 선언하듯 말했다. 이어진 말에 우리 부부는 크게 충격받았다.

"난 엄마, 아빠처럼은 살고 싶지 않아. 왜 그렇게 살아야 돼? 하나도 행복해 보이지 않아. 너무 성실하게 일만 하고, 자신을 위한 노력도 시간도 없이, 그저 이 사회에 적응하기 위해 앞만 보고 달리는 삶은 내가 원하는 게 아니야."

그날 이후 나는 아이들의 삶에 전혀 개입할 수 없었다. 원래도 알아서 잘 살아가는 아이들이었지만, 그때를 기점으로 형철이는 더욱 독립적인 아이가 되었다. 고등학교를 졸업하고는 용돈 한 푼 받아 간 적 없었고, 아는 형이 있는 한국 음식점에서 아르바이트를 했다. 오페라 가르니에 근처에 위치한 식당은 꽤 유명한 한인 식당이라 손님이 항상 많았기 때문에 일의 강도가 만만치 않았다. 하지만 형철이는 그곳에서 누구보다 일 잘하는 직원으로 자리 잡고, 어린 나이에 사장님으로부터 매니저를 맡아 달라는 제안까지 받았다. 그런데 밀레앙 오픈을 앞두고는 선뜻 매장 일을 돕겠다는 것이 아닌가.



첫 번째 가게는 빵을 판매하기만 하면 그만이었지만, 밀레앙은 의자가 30개나 되는 매장이라 손님 응대 서비스를 할 사람이 필요했다. 빵을 만들 줄만 아는 남편과 빵을 판매만 해 봤지 접객 쪽으로는 경험이 없던 나만으로는 쉽지 않았다. 다행히 형철이 합류해 한시름 놓을 수 있었지만 당장 필요한 역할을 분담할 수 있다는 눈앞의 달콤함을 선택하자니 아들의 미래가 신경 쓰였다.

남편은 자발적으로 선택해 파리까지 왔고, 스스로 원하는 직업에 종사하고 있다. 하지만 아이들은 선택의 여지없이 한국에서 프랑스로 와서 자랐다. 그것만으로도 미안한데, 사회 경험이 중요한 시기에 가족 일에 끌어들여도 되는 걸까 하는 고민이 들었다.

더욱이 빵과 과자를 만드는 직업은 기술직이지만, 아들이 맡은 역할은 매장에서 음료와 판매를 담당하는 서비스직이다. 기술을 바탕으로 하는 사업은 운영자가 기술을 갖추고 있는지 아닌지에 따라 어려움이 달라지기 마련이니, 남편 또한 걱정했던 것 같다. 밀레앙에서 함께 일하며 경험을 좀 쌓은 후에는 자신의 사업을 하고 싶다는 아들을 이제라도 말려야 하는 건 아닌지 고민이 됐다. 그러나 고민한들 말리기도 어려웠다. 이미 우리 부부에게는 선택권이 없었다. 아이들은 자신의 삶에 대한 결정권을 본인들이 쥐고 있고, 부모에게는 결정 권한이 없다고 명확하게 선을 그었다.

제과점 일은 처음인 형철이는 우리를 보조하는 역할부터 시작해 차츰차츰 제과점 시스템을 익히다가 일이 익숙해질 무렵부터는 구세대인 엄마, 아빠 대신 밀레앙의 소셜 네트워크 계정을 만들어 온라인 마케팅을 시작했다. 메뉴 사진을 예쁘게 찍어 올리고, 구하기 어려운 BTS의 파리 콘서트 티켓을 사서 이벤트를 하기도 했다. 그리고 점점 가게의 온갖 시스템과 직원들까지 한눈에 파악하는 것은 물론, 주변 상인들과도 친하게 지내며 안면을 터 나갔다. 오래 지나지 않아 형철이는 온 동네 상인의 귀염둥이로 자리매김했고, 하나둘 크고 작은 거래처를 만들어 오기 시작했다. 동네의 유명한 치즈 가게 주인과 친해져 그곳에서 치즈와 잘 어울리는 빵으로 밀레앙의 메뉴를 추천해 주기도 했고, 납품 의뢰를 받아 오기도 했다.

눈썰미는 얼마나 예리한지 직원이 컵을 깨거나 물건 각도를 조금만 돌려놓아도 금세 눈치를 채서 그것을 짚어 내니 무슨 일이건 그 앞에서는 눈속임을 할 수 없었다. 순발력도 뛰어나 갑자기 닥친 고비마다 기발한 아이디어를 내거나 인맥을 이용해 반짝이는 위기 대처 능력을 보여 주며 가게 운영에 큰 힘을 보탰다.

이런 의외의 면모에 가장 많이 놀란 것은 우리 부부였다. 어릴 때는 소심하고 예민한 아이였다. 고등학생 땐 인종차별을 겪기도 하고, 이민자 2세로서 자아 정체성을 찾느라 모범생이라고는 할 수 없는 학교생활을 하며 많이 헤맸기 때문에 늘 마음 졸였는데, 어느새 형철이는 파리에 모르는 사람이 없을 정도로 '인싸'가 되어 있었다. 그 모습이 자랑스럽기도 하고, 안쓰럽기도 했다. 부모라면 누구나 자식에게 든든하고 큰 우산이 되어 주고 싶은 것이 당연한데, 아들이 어느새 혼자 저렇게 훌쩍 자라 부모의 부족한 부분을 채워 주는 존재가 되었나 싶었다.

사실 남편과 내가 우리 삶을 돌아보며 안식년을 갖기로 결정한 데도 "부모님처럼 살고 싶지 않다"는 형철이의 말이 계기가 되었다. 아이들의 가치관이 부모 세대인 우리와 다른 것은 당연한 일이지만, 어쩌면 우리 삶이 반면교사가 된 것은 아닐까. 너무 힘들게 앞만 보고 달려가는 부모를 보며 실망해 아이들이 자기 자신의 행복을 추구할 수 있는 건강한 삶을 살아야겠다고 다짐한 것은 아닐까.

언젠가 아들이 이런 말을 내게 한 적이 있다.

"엄마, 아빠를 보고 자란 게 있어서 우리는 그렇게 살기 싫어도 성실함 같은 게 몸에 배어 있어. 그러니까 우리도 성실하게 살 수밖에 없어. 열심히 사는 부모님이 자랑스럽기도 해. 그래도 난 엄마, 아빠가 각자의 행복을 더 챙겼으면 좋겠어. 내가 행복해야 주변도 행복한 거잖아?"

그 말이 오히려 내 삶의 이정표가 되어 주었다. 우리 가족이 정말 행복하려면, 더이상 나 자신의 행복을 뒤로 미루면 안 되겠다는 생각이 들었다.

사랑스러운 딸 유진이는 또 어떠한가. 늘 가족을 먼저 챙기고 위로하는 배려심 깊은 아이다. 과외 한 번 하지 않고도 좋은 성적을 받아 사람들이 선망하는 중학교, 고등학교에 진학했고, 그랑제콜(Grandes Écoles, 프랑스의 소수정예 고등교육기관으로, 일반 공립 대학교와 구분된다)까지 부모의 도움 없이 야무지게 들어 갔다. 늘 제대로 서포트해 주지 못한 것을 미안해 하는 내게 딸아이는 '덕분에 이렇게 독립적인 사람으로 자랐다'며 오히려 나를 위로했다.

훌쩍 자란 아들과 딸을 보며, 이 아이들이야말로 내 삶의 이유이고, 원동력이며 행복이라는 생각이 들었다. 우리 부부가 프랑스에 정착하기로 결심한 것도, 힘에 부치는 나날에도 다시 몸을 일으켜 성실하게 살아간 이유도 아이들을 생각하는 마음이 가장 컸다. 그런데 어느새 그 작던 아들과 딸이 이국 땅에서 이렇게 바르고 예쁘게 자라 부모를 다독이게 되었을까. 두 아이에게는 언제나 고마운 마음 뿐이다.

## 한국식 메뉴를 선보이다

우리만의 브랜드 빵집이라는 꿈을 현실화하면서, 새롭게 변화시켜 보고 싶은 부분이 몇 가지 있었다. 프랑스 전통 방식의 빵과 케이크로 한 우물을 판 남편의 경력에 맞게 조금 더 전문성 있고 퀄리티 높은 수제 제품으로 구성하는 것. 그리고 거기에 한국 색을 가미한 특색 있는 제품으로 우리만의 개성이 녹아 있는 제과점을 만들고 싶다는 포부였다.

이전 빵집에서는 제품 종류는 물론 디자인이 다소 평범한 편이었고, 고가의 디저트는 잘 팔리지 않아 신제품을 선보이기 어려웠다. 더욱이 프랑스에서도 장인이 직접 수제 제품을 정성 들여 만드는 제과점이 점점 줄어드는 형국이라 반죽부터 생산까지 모두 직접 하는 밀레앙의 장점을 부각하고 싶었다.

남편의 실력을 제한 없이 맘껏 발휘한 진열대 속 제품들. 식도락 선진국인 파리의 본모습에 충실한 제과점. 이런 상상만으로도 가슴이 벅차올랐다. 우리가 매장을 오픈한 2019년은 파리의 제과업계에도 변화가 일어나는 시기였다. 사업을 공격적으로 키워 가던 에릭 케제르와 같은 유명 셰프나 세코 등 신종 기업도 전통적인 제과점에 간단한 카페 문화를 접목하는 새로운 스타일을 조금씩 시도하기 시작했다. 우리는 이런 분위기에 조금 더 적극적으로 변화를 추구해 모던함을 살리고자 했다.

몇 발자국만 걸으면 발에 차일 듯 많은 파리 제과점은 너무 오래도록 변함이 없었고, 그런 제과점의 예스러운 분위기가 조금 지겹기도 했다.

손님들에게 새로운 트렌드와 더불어 한국인인 우리만의 특성이 녹아 있는 가게로 각인시키기 위한 첫걸음은 이름과 로고였고, 그다음 단계가 메뉴였다.

프랑스의 전통 메뉴 외에도 한국식 제과를 만들어 달라고 남편에게 말했지만 전통 프랑스 제과 제빵을 해 온 남편의 반응은 처음엔 영 떨떠름했다. 남편은 늘 그렇듯 별말이 없었지만, 말이 없는 것 자체가 동의하지 않는다는 무언의 고집이었다. 오픈한 지 얼마 되지 않아 정신이 없었기에 무작정 신메뉴를 만들어 달라고 요구하기도 어려운 분위기였다.

혼자 고민하다가 떠올린 것이 비빔밥이었다. 빵집이긴 하지만, 빵이 아니면 어때? 점심시간에 식사를 하러 오는 손님이 많으니 선택지 중 하나로 빵이 아닌 비빔밥을 제시해도 좋지 않을까? 비빔밥이면 공장의 일손을 빌리지 않고, 내가 직접 만들 수 있었다.

남편은 환영하는 눈치는 아니었지만, 늘 그렇듯 크게 반대하지도 않았다. 말을 아낄 뿐이었다. 아마 잘되지 않으면 금방 포기할 거라고 생각한 것 같기도 하다. 당시만 해도 비빔밤이라는 한국 음식이 프랑스 사람들에게 조금씩 알려지고 있기는 했지만 음식점이 아닌 빵집에서 판매하는 것은 볼 수 없었기 때문에 성공하기 어려울 거라고 생각했을 것이다.

하지만 비빔밥은 대성공을 거두었다. 보통 한국 음식점에서 판매하는 것보다 더 많이 팔릴 정도로 인기를 끌었다. 빵집에서 비빔밥이 효자 상품이라는 사실에 남편은 조금 자존심이 상할 만도 했지만, 역시나 입 밖으로 아쉬운 소리를 꺼내지는 않았다. 정말이지 한결같은 사람이다.

비빔밥이 히트 친 것을 계기로 우리는 좀 더 본격적으로 한국 메뉴를 개발했다. 남편도 내 의지를 꺾을 수 없었기에 일을 거들어 주었다. 팥빵, 고로케, 소보로빵, 꽈배기를 시작으로 생크림 케이크 등 제과에서도 제품 수를 늘려 나갔다. 불과 몇 년 전만 해도 팥을 달게 먹는 것에 고개를 절레절레 흔들던 프랑스 사람들은 언제 그랬냐는 듯 디저트로 팥빵을 먹거나 아침 식사로 크루아상 대신 팥빵을 사 먹기도 했다. 시대가 변하고 있는 것인지 동네가 바뀌어서 그런 것인지 모르겠지만 점차 프랑스풍 제품보다 한국풍 제품이 판매량과 관계없이 밀레앙의 대표 이미지가 되어 가고 있었다.

한여름에는 형철이가 만드는 팥빙수가 큰 인기를 끌었다. 매장 밖으로 줄이 이어질 정도였다. 파리에서 팥빙수를 파는 가게가 드물던 때였는데, 우리가 팥빙수를 시작한 다음 해부터 팥빙수를 파는 곳이 늘어났다. 살다 살다 파리의 노천카페에서 사람들이 팥빙수를 줄 서서 먹는 것을 볼 줄, 아니 우리가 그렇게 만들 줄은 상상도 하지 못했기에 오묘한 기분이 들었다.

한국 재료를 활용한 새로운 신메뉴 개발도 뒤를 이었다. 문경 오미자를 이용한 오미자 롤케이크와 흑임자 마들렌, 김치를 넣은 키슈, 파리 브레스트라는 프랑스의 유명한 디저트를 변형해 만든 '파리 서울' 등 색다른 메뉴가 눈길을 끌었다. 특히 흑임자 크림이 듬뿍 든 파리 서울은 밀레앙을 대표하는 메뉴 중 하나로 당당히 자리 잡았다.

밀레앙 제품 종류는 90가지가 넘는다. 특히 한류 열풍과 함께 한국식 메뉴는 점차 밀레앙의 인기 메뉴로 자리 잡았다. 프랑스에서는 자주 볼 수 없었던 생크림 케이크와 롤케이크도 반응이 좋고, 오미자나 흑임자를 사용한 메뉴 개발도 힘쓰고 있다.

BREST

MILLE ET UN
Pain Tout Chocolat
1 pc 1,00 €
Chausson aux Pommes
Pain au Raisin
Croissant aux Amandes
Kouign Amann
Croissant
Pain au Chocolat
Sandwich Saucisson
Sandwich Jambon Fromage
Sandwich Noix 3 Fromages
Quiche
Sandwich Brochette Poulet
Sandwich Poulet Crudités

Pat Pain
3,00 €
Soboro

## 빵 가격 전쟁

첫 번째 가게를 운영할 때는 프랜차이즈였기 때문에 기본적인 빵과 제과의 종류, 가격이 대략 정해져 있었다. 프랑스 흔한 제과점 어디를 가도 당연히 볼 수 있는 크루아상, 팽 오 쇼콜라, 쇼송 오 폼, 팽 오 레장 등 비에누아즈리, 거기에 바게트, 캉파뉴, 치아바타가 기본을 이루었고, 점심 장사를 위해 바게트 샌드위치와 샐러드 등을 갖추었다. 지점이나 동네에 따라 미세한 차이만 있을 뿐 큰 차이가 없는 구성과 가격이었다.

그러나 밀레앙에서는 우리 이름을 걸고 한 단계 업그레이드한 메뉴를 고민했고, 위치도 파리의 부촌이었기에 가격 장벽에 대한 부담도 덜했다. 고급 백화점 주변으로 각자 실력에 꽤 자신 있는 맛집이 몰려 있던 거리에서 성공하기 위해서는 흥미를 자극하는 콘셉트는 물론 손님들이 기꺼이 구매하고 싶도록 맛과 질이 조화를 이루는 제품, 그리고 구매력에 알맞은 합리적인 가격을 고민해야 했다.

이런 상황에서 콘셉트와 메뉴에 대한 의논은 처음엔 순조로운 듯 보였다. 하지만 내용이 하나씩 구체화되면서 나와 남편 사이에 갈등의 조짐이 보이기 시작했고, 가격을 정해야 하는 순간에서는 신경전으로 발전했다.

앞에서 여러 번 이야기했다시피 남편은 무척 과묵한 사람이다. 말수만 없는 게 아니라 생각이 깊어 결정하는 데 오랜 시간이 걸린다. 뚝심 있는 성격이라 신뢰가 가는 한편, 답답할 때도 많다. 도무지 말을 하지 않기 때문이다. 특히 품질에 대한 남편의 신념은 절대 부러지지 않는 칼날 같다. 밀가루도 유기농 제품을 쓰고, 제품 하나하나 좋은 재료를 까다롭게 고른다. 당연하게도 좋은 재료가 좋은 제품을 만드는 것이고, 그 좋은 재료들은 값이 비싸기 마련이다. 이윤을 생각하면 망설일 만도 하건만 남편은 결코 재료를 포기하는 법이 없다.

반면 아내인 나는 남편이 만든 제품을 손님에게 판매할 때마다 가슴 한편이 저려 왔다. 매일 꼭두새벽부터 모든 제품을 손수 만들어 매장에 진열한다. 싸구려가 아닌 질 좋은 재료를 아낌없이 사용해 내용물이 흘러넘치도록 집어넣은 제품을 손님의 주문에 따라 하나하나 봉투에 담은 후(프랑스에서는 손님들이 집게를 들고 직접 담지 않고, 판매원에게 일일이 말하면 담아 주는 방식이다) 계산하고 나면 한가득 담은 빵이 정말이 가격밖에 안 되나 싶어 꼭 다시 확인해 보곤 한다.

당연히 손님들 반응은 좋을 수밖에 없다. 입에 발린 칭찬이 아닌 진심이 느껴지는 긍정적 평가는 분명 남편을 계속 달리게 하는 원동력 중 하나였을 것이다. 그러나 아내인 내가 보기엔 그 반응이 나오는 게 너무나 당연하다. 질 좋은 재료를 아낌없이 써서 금방 만들어 낸 빵을 다른 냉동 제품과 큰 가격 차이 없이 판매하는데, 누가 그것을 마다하랴.

2020년 한 다큐멘터리가 프랑스 전역을 충격에 빠뜨렸다. 맛 좋은 수제 크루아상을 만드는 것으로 유명한 한 아티장(장인)이 프랑스 빵집의 현실을 고발한 내용이었는데, 그는 프랑스 제과점의 80퍼센트가 공장에서 냉동 생지를 받아 빵을 판매하고 있다고 주장했다. 직접 빵을 만든다고 홍보하는 유명한 파리의 빵집들도 사실 공장에서 만든 저품질 냉동 생지를 받아 제품을 생산한 사실이 카메라에 포착됐다. 이런 빵집이 한두 군데도 아니고 80퍼센트에 달한다니. 후속으로 보도된 여러 기사에서 숫자는 조금씩 달랐지만, 대다수 빵집이 냉동 제품을 받아 되판다는 내용에는 변함이 없었다. 미식의 도시이자 빵의 본고장으로 유명한 프랑스에서 이런 일이 벌어졌다는 사실에 많은 사람이 놀랐지만, 사실 제과업계에서는 이미 소문이 자자했던 일이다.

새벽에 냉동 생지를 받아 냉동실에서 꺼내 굽기만 하는 시스템이니 편하기도 할 것이다.

프랑스 전역에 냉동 생지 사태를 고발한 그 장인은 "이런 행태가 고품질 제품을 만드는 가게에까지 피해를 주고 있다"라며 강하게 비판했고, 일부 전문가들은 수제 제품에만 표기할 수 있는 라벨을 만들어야 한다고 주장하기도 했다.

나 역시 비슷한 생각을 했다. 우리는 어마어마한 세금과 인건비를 들이며 자체 생산하는 핸드메이드인데, 냉동 제품과 같은 값을 받고 판다는 게 말이 되지 않는다고 말이다. 그래서 첫 번째 가게를 운영할 때부터 줄곧 남편에게 빵 가격을 인상해야 한다고 말해 왔다. 하지만 남편은 좀처럼 거기에 동의하지 않았다.

물론 첫 가게는 구매력이 그다지 크지 않은 지역에 위치했던 터라 가격 조정에 한계가 있었다. 그래도 최소한 수고에 대한 보상은 받고 싶었고 그래야 한다고 생각했다. 하지만 남편은 그런 주제를 꺼내기만 하면 매번 침묵으로 일관했고 흐지부지 합의를 보지 못하고 넘어가는 일이 반복됐다. 내가 보기에 그는 단가를 정확히 계산하지 않고 기본 재료비만 기준으로 대충 가격을 계산하는 것 같았다. 기본 재료비 말고 계산해야 할 눈에 보이지 않는 요소가 얼마나 많은가. 본인의 노동력은 왜 계산에 넣지 않는지 도무지 이해할 수 없었다. 첫 번째 가게를 시작한 지 5년 만에 처음으로 가격을 인상했을 정도니 완전히 내 패배였다. 도무지 남편의 고집을 꺾을 수 없을 것 같았다.

새로 밀레앙을 오픈하면서 나는 다시 마음을 단단히 먹었다. 이번에는 꼭 제대로 된 가격을 받고 말리라. 단순히 이익의 문제가 아니었다. 남편이 만들어 내는 빵과 케이크를 다른 제과점에서 판매하는 질 낮은 제품과 같은 수준의 값을 받고 판매할 수는 없다고 생각했다. 그만큼 남편은 고민과 연구를 거듭하고 모든 정성과 실력을 집중해 수고스럽게 빵과 케이크를 하나하나 만들어 내고 있었다. 그 가치와 차이를 손님들이 반드시 알아채고 인정해 줄 거라 믿었다.

빵의 수준과 알맞게 음료도 질 좋은 것으로 구비했다. 당시 파리에서 꽤 유명한 쿠튐 커피(Coutume Café)를 들여와 수준을 맞추었다. 물론 우리 제품의 진가가 제대로 알려지기 전까지 가격의 진입 장벽 때문에 어려울 수 있다는 건 예측 가능했다. 하지만 포기할 수 없었다. 이번에는 남편과 껄끄러워지더라도 결코 그만두고 싶지 않았다. 어차피 판매대 앞에 서서 가격을 쓰고 판매하는 건 아내인 나였다. 합의를 이루지 못하면 그냥 밀어붙이기로 마음을 단단히 먹고, 남편의 가격 제안 중 이건 도저히 안 되겠다 싶은 제품은 그냥 혼자 결정해 가격을 인상했다.

남편이 공장에서 올라와 매장에 들어설 때마다 가슴이 어찌나 두근거리던지, 눈도 제대로 못 마주쳤다. 하지만 며칠이 지나도록 별다른 일이 일어나지 않았다. 분명 빵 가격이 달라진 것을 보았을 텐데도 남편은 별말이 없었다. 그래서 나는 내가 이긴 줄 알았다.

다음 날, 매장에서 빵을 진열하던 나는 기함할 수밖에 없었다. 분명 같은 제품인데 크기가 두 배 가까이 커져 있었기 때문이다. 내가 인상한 가격만큼 남편이 빵 크기를 키운 것이다. 너무 어이가 없어서 헛웃음이 나올 정도였다. 나는 가격을 올리고, 남편은 크기를 늘리고. 올리고 늘리는 싸움은 아마 영원히 계속될 것 같다.

## 파리 록다운

밀레앙을 개업하고 꼭 1년이 지난 2020년 3월에 파리가 봉쇄됐다. 갑자기 찾아온 전 세계적 재앙, 코로나19 팬데믹 때문이었다.

사실 밀레앙을 오픈한 후 우리 앞엔 마치 정해진 시나리오라도 있는 것처럼 힘든 상황이 반복되어 펼쳐졌다. 처음엔 매주 게릴라전처럼 불시에 벌어지는 질레 존(Gilets Jaunes, 노란 조끼) 시위가 있었다. 혹시라도 폭력적인 시위대가 앞을 지나가다 가게를 부수지 않을까 매일 밤 마음을 졸여야 했다.

잘 알려졌듯 프랑스는 시위가 무척 잦은 데다 방식도 과격하다. 1층에 위치한 가게를 깨부수는 일이 종종 벌어지기 때문에 가게 전면을 막아 두기도 한다. 우리는 제발 시위대가 우리 가게 앞을 조용히 지나가게 해 달라고 기도했다.

그다음은 정부의 연금개혁법에 항의하는 대중교통 전면 파업이

두 달간 이어졌다. 이 파업으로 모든 파리지앵이 학교와 직장을 걸어 다니거나 아예 출근할 수 없는 지경에 이르렀다. 점심 장사가 중요한 우리 입장에서는 출근하는 직장인이 줄면 매출에 타격이 왔다. 이 파업이 언제 끝나려나 기다리며 하루하루 지쳐 갔다.

그러더니 2020년 봄, 코로나19 바이러스로 유럽이 생지옥이 되어 버렸다. 제2차 세계대전 이후로 처음이라는 휴교와 통행금지령에 모든 영업장을 1년간 닫아 버리는 행정명령까지 내려졌다. 한번도 상상해 보지 못한 일이라 처음엔 믿기지 않았다.

이웃한 카페며 레스토랑 등 다른 가게는 모두 문을 닫았지만 빵집은 필수 식료품점에 속하기 때문에 마트와 마찬가지로 문을 열어야 했다. 하지만 이동 제한 명령이 내려지기 바로 전날, 여행 가방을 바리바리 챙겨 파리를 탈출하던 주민이 가득했던 우리 동네엔 얼려 놓을 빵을 찾는 손님만 간혹 들어올 뿐이었다. 손님만 없는 게 아니라 가게에서 일하던 직원들도 하나둘 그만두고 집으로, 고국으로 돌아가 버렸다. 몇 명 남지 않은 직원들도 일을 할 수는 없으니 무기한 휴직에 들어갔다. 결국 2주를 버티다 가게 문을 닫아야 했다. 빵집은 문을 열 수 있었지만, 문을 연들 손님이 하나도 없으니 전기세라도 아낄 심산이었다.

하룻밤에도 500명에서 1000명씩 죽어 나간다는 이탈리아나 스페인, 프랑스 소식이 뉴스를 통해 계속 흘러나왔다. 시체 보관소에 자리가 없어 아이스링크며 농수산물 시장 정육 코너에 시체를 쌓아 놓을 정도로 상황은 심각했다. 집 안에 갇혀 쉴 새 없이 울리는 사이렌 소리를 들으며 이 상황이 정녕 꿈이 아닌 현실임을 확인했다.

식구들이 아프지 않은 게 얼마나 다행인가 싶다가도, 가게가 앞으로 어찌 될지 생각하면 막막하기만 했다. 월세는 꼬박꼬박 나가는데, 장사를 할 수 있는 상황이 아니었다. 언제쯤 이 상황이 해결될지 기약도 없었다. 기존 대출은 또 어찌해야 할까. 예약이 가득했던 게스트하우스도 텅 비어 버렸다. 마트와 빵집을 제외하면 주변 레스토랑도 다 문을 닫았고 거리에는 개미 한 마리 보이지 않았다.

정부에서 문을 닫는 가게에 지원금을 준다는 이야기가 돌았지만, 필수 식료품점이라는 이유로 문을 열어도 되는 빵집은 행정명령으로 문을 닫은 게 아니기 때문에 한 푼도 받을 수 없었다. 황망하기 그지없었다. 차라리 우리도 카페처럼 문을 닫고 지원금을 받고 싶었다.

울며 겨자 먹기로 우리는 가게 문을 다시 열었다. 텅 빈 거리에 들어오는 사람도 없었고 통행도 제한되어 사람들은 하루에 한 번 딱 두 시간만 생필품을 사러 통행증을 들고 집 밖을 나설 수 있었다. 그때 잠시나마 빵을 사러 나온 사람들이 있었기에 그 시간에만 장사를 하고 일찍 가게 문을 닫았다. 그럼에도 매출은 마이너스 90퍼센트를 기록했다. 단 두 시간 만에 생필품을 모두 사야했기 때문에 사람들은 모두 마트로 달려갔다. 하지만 마트도 사회적 거리 두기로 인원을 제한해 줄이 끝도 없이 길게 이어졌다. 줄을 선 사람들의 표정은 모두 어둡기만 했고, 빵집까지 갈 시간적, 마음적 여유는 없어 보였다. 우리 가게에서 판매하는 제품도 얼려 두고 오래 보관해 먹을 수 있는 것들, 주로 빵과 키슈 같은 몇 제품이 전부였다.

간혹 우리가 한국인이 하는 빵집인 것을 알고 가게로 와서 마스크를 구할 수 있느냐고 묻는 사람들도 있었다. 프랑스에서는 마스크 대란이 일어나 난리도 아니었다. 하지만 나 역시 한 달째 같은 마스크를 쓰고 일하는 마당에, 나눠 줄 마스크가 있을 리 없었다.

가족이 아프지 않은 것만으로도 감사했지만, 빚이 쌓여만 갔다. 이러다 파산할 수도 있다며 머리를 싸매고 은행 독촉장을 부여잡고 있어도 남편은 아무 말이 없었다. 그는 묵묵히 공장에 틀어박혀 자신이 할 수 있는 일을 할 뿐이었다. 어차피 이런 상황에서 우리 능력으로 할 수 있는 일이란 거의 없기 때문이다. 그의 마음도 편치 않음을 알면서도, 야속한 감정은 어찌할 수 없었다.

4월 말에 이르러서 겨우 은행 추가 대출 서류에 사인을 할 수 있었다.

코로나19 바이러스로 이동 제한령이 내려져 파산 위기에 처한 기업과 상인을 돕기 위해 프랑스 정부가 마련한 특별 대출이었다. 정부 주도처럼 보이지만 결국 결정권은 거래 은행에 있었기에 개업한 지 얼마 되지 않은 우리는 기존 부채비율이 높아 대출을 받을 수 있을지도 미지수였다. 긴급 대출 신청 서류를 준비해 제출하고 심사 결과를 기다리는 동안 온 마음이 타 들어가는 듯했다. 다행히 추가 대출 승인이 났다. 덕분에 급한 불을 끄고 파산은 피할 수 있었다.

예전엔 쉰쯤 되면 안정되고 정리된 삶을 살 거라 상상했는데, 그것도 축복받아야 가능한 일임을 그때는 몰랐다. 평범한 일상이 축복이었음을 모르고 50년을 산 것이다. 코로나19는 매일 힘들다고 투정부리던 하루하루가, 복작이는 일상이 얼마나 감사한 축복인지 알게 해 주었다. 앞으로 또 무슨 일이 우리를 기다릴지 알 수 없지만, 당장은 아무 생각도 하고 싶지 않았다. 예상했다고 해도 코로나19 팬데믹 같은 상황을 혼자 힘으로 어찌할 수 있는 것도 아닐 테고. 오늘은 그냥 일단 살아남았다는 감사함을 맘껏 누려야겠다는 생각이 들었다.

## 그럼에도 삶은 계속된다

지금껏 쌓아 온 모든 것이 무너진 것만 같아 절망하는 시간도 결국엔 지나가기 마련인가 보다. 파리는 2020년 3월과 10월, 그리고 2021년 3월까지 총 세 차례 록다운을 겪었지만, 팬데믹에 적응한 사람들은 조금씩 이런 세상에 익숙해지는 듯했다. 1년이 지난 마지막 3차 록다운 때는 사람들의 표정에도 조금 여유가 묻어 나왔다.

2021년 봄이 지나자 통행금지가 풀리고, 카페와 식당이 문을 열기 시작했다. 사람들이 돌아오며 거리도 조금씩 활기를 되찾아 갔다. 밀레앙도 문을 활짝 열고 줄였던 제품 종류를 다시 늘려 나갔다. 문제는 고국으로 돌아간 직원들이 하루아침에 돌아올 수 있을리 만무하다는 것이었다. 파리에 남아 있는 몇몇 직원이 복귀했지만 일손이 턱없이 모자랐다. 코로나19 팬데믹으로 외국인 노동자들이 썰물처럼 빠져갔으니 우리뿐만 아니라 주변 레스토랑에서도 직원을 구하지 못해 발을 동동 굴러야 했다.

매출은 천천히 오르는 듯하더니, 6월 초여름이 되면서 갑자기 팥빙수 손님이 급격히 늘어나며 매장이 붐비기 시작했다. 파리의 한 인플루언서가 다녀간 뒤로 입소문이 나면서 한동안 동네 이슈가 됐다.

손님이 늘어난 것은 기쁜 일이지만, 빵 만들 직원이 없다는 것이 문제였다. 못해도 늘 열댓 명의 직원이 있었는데, 직원 구하기가 힘들어 남편은 혼자서 하루 열다섯 시간씩 일하며 제품을 만들어야 했다. 제아무리 강인한 체력과 정신력의 소유자라 해도 혼자 해내기엔 힘든 작업이었다.

2022년이 되어 구인난은 조금 나아졌지만 남편은 결국 탈이 났다. 만성 허리 디스크가 있던 남편이 통증 때문에 한동안 복대를 차고 일했는데, 허리를 장시간 꽁꽁 묶어 둔 채 과도하게 일하니 탈장이 된 것이다. 결국 남편은 한국에 들어가 수술을 받아야 했다. 간 김에 만성 허리 디스크 시술도 받았다.

2022년에는 파리에도 본격적인 한류 열풍이 분 것인지 손님이 점점 더 늘어났다. 팬데믹 이전부터 전조는 있었다. 케이팝 붐을 시작으로 프랑스에서 대한민국의 위상이 점점 높아지는 것 같더니 〈기생충〉의 칸 영화제 수상을 기점으로 한국 영화 열풍이 이어졌다. 넷플릭스로 접한 한국 음식과 빵 사진을 가져와 우리에게 질문을 하는 손님도 생겨났다. 밀레앙의 점심 메뉴인 한국식 비빔밥과 불고기 샌드위치 등도 덩달아 손님들의 관심을 받았다.

한국어 수업을 듣고 한국말을 실제로 사용해 보고 싶어서 더듬거리며 한국말로 주문하는 학생과 그런 자녀를 격려하고 함께 열정을 나누고 싶어 동행한 부모님, 한국 배낭여행을 계획한다며 여행 루트를 상담하러 온 손님까지. 밀레앙에는 점점 더 다양한 사람들이 찾아왔다.

물론 좋은 일만 이어진 것은 아니다. 기껏 매출이 오른 것이 무색하게 우크라이나-러시아 전쟁으로 전 유럽이 전력난에 시달리게 된 것이다. 전기료가 세 배에서 다섯 배까지 훌쩍 뛰었다. 하루 종일 거대한 오븐을 돌리는 빵집을 운영하는 입장에서는 마른하늘에 날벼락 같은 소식이었다. 200만 원씩 내던 전기료가 1000만 원에 육박하니 아무리 제품이 잘 팔려도 상황이 나아질 것 같지 않았다. 한 고비 넘어 또 다른 고비가 끝도 없이 이어지는 것 같아 지치다가도, 수많은 사람이 죽어 나간 팬데믹 시절을 생각하면 그래도 살아남았다는 안도감으로 하루하루를 보냈다.

코로나 팬데믹으로 파리는 세 차례의 록다운을 겪었다.
필수 식료품점인 빵집과 마트를 제외하고 카페, 레스토랑을 포함한
모든 가게가 문을 닫았다. 코로나19 바이러스가 물러나고,
이제 파리 시내도 다시 활기를 찾았지만 아직도 그때를 생각하면
텅 빈 파리 시내, 적막한 거리의 분위기가 떠오른다.

## 밀레앙의 이웃, 고마운 단골손님들

팬데믹이 끝나고 세상은 언제 그랬냐는 듯 평범한 일상으로 돌아갔다. 텅 비었던 매장과 공장에도 다시 직원들이 들어와 현재 20여 명이 밀레앙에서 일하고 있다.

우리와 가장 오래 함께한 직원은 현재 매장에서 오전 판매를 담당하고 있는 크리스틴이다. 크리스틴은 우리의 첫 번째 가게인 르 그르니에 아 팽을 오픈한 첫날부터 함께했다.

프랑스 남부 도시 니스에 사는 평범한 가정주부였던 크리스틴은 개인 사정으로 가방 하나 달랑 들고 파리로 이주했다. 파리에서 새 삶을 시작하기 위해 일자리를 찾던 그는 우리 가게의 채용 광고를 보곤 이력서를 들고 찾아왔다. 막 공사를 끝내 아직 허전한 가게에서 프랑스어가 유창하지 않은 한국인 사장을 마주한 크리스틴이 무슨 용기로 우리와 함께 일할 생각을 했는지는 잘 모르겠다. 어쨌건 주인도, 직원도 처음인 첫 번째 빵집에서 크리스틴은 우리에게 든든하기 그지

없는 지원군이 되어 주었다.

크리스틴은 빵집에서 일해 본 적이 없었지만, 언어가 서툰 우리 대신 홀을 담당했다. 당시에는 내가 앙제에서 아이들을 키우느라 안주인 자리가 비어 있었기 때문에 더욱 의지가 됐다. 보통 빵집 홀은 안주인이 맡는데, 우리는 파리의 살인적 집값으로 쉽게 이사하지 못했고, 아이들까지 어려 내가 홀을 담당할 상황이 아니었다. 나는 나대로 앙제에서 두 아이들을 홀로 키우며 고군분투했고, 남편은 남편대로 정신없이 빵을 만드는 것은 물론 처음 해 보는 가게 운영에 골머리를 앓았다. 크리스틴은 행정 처리가 어설픈 남편의 눈과 손이 되어 행정 관련 편지를 대신 써 주는 등 여러 도움을 주었다. 사교성도 좋아서 언제나 고객들에게 인기 만점이었다. 점차 단골손님이 늘어났고, 이웃 상인들도 크리스틴을 매개로 우리 제과점을 편히 드나들었다. 크리스틴이 바캉스나 육아휴직을 떠나면 언제 돌아오는지 묻는 손님이 많아 같은 대답을 무한 반복해야 할 정도였다.

크리스틴도 경력이 없는 자신을 받아 준 우리 부부와의 인연을 소중하게 생각했던 것 같다. 그 후 10년간 운영하던 첫 가게를 팔 때 크리스틴은 고용이 승계되어 그 가게에 남았다. 그러나 2년 후 우리가 밀레앙을 새로 오픈할 때 기꺼이 집 바로 앞에 있던 기존 직장을 뒤로 하고 우리에게 한달음에 달려와 주었다. 그렇게 우리는 다시 서로를 신뢰하며 함께 일하게 되었고, 지금도 우리 가족에게는 말로 다 할 수 없을 정도로 든든하고 소중한 식구다. 서로의 30대와 40대를 알고 인생의 후반전을 함께 걸어가는 친구 같은 존재. 크리스틴은 오늘도 우리와 함께 빵집의 아침을 열고 있다.

크리스틴만큼 우리 빵집에 애정을 갖고 있고, 감히 가족 같다고 말할 수 있는 단골들이 있다. 어떻게 그럴 수 있었는지 지금 생각해 봐도 잘 모르겠지만 첫 번째 가게에서 영업할 때부터 우리 빵집에 애정을 보여 준 귀한 인연들은 우리가 힘겨운 시간을 버티는 데 큰 도움을 주었다.

매일 참치 샌드위치만 10년 내내 드시던 할머니, 매일 아침에는 팽 오 쇼콜라 두 개를, 오후 5시에 어김없이 간식으로 쇼송 오 폼 한 개를 드시던 동네 할아버지, 손자나 손녀가 찾아오면 꼭 슈케트를 1인당 다섯 개씩 사 주시던 동네 중년 부부, 매일 바게트를 사러 와 신문에 난 한국 이야기를 꺼내시던 한국전쟁 참전 용사 할아버지까지. 동네 어르신들은 거의 매일 찾아와 매장에 서서 빵을 고르며 우리와 이런저런 이야기를 나누었다. 가끔은 이분들이 빵을 사러 온 게 아니라 이야기를 나누러 온 게 아닐까 하는 생각이 들었다.

점심시간 동료끼리 삼삼오오 우르르 몰려와 줄 서서 주문을 기다리며 농담을 하며 그날의 고단함을 웃음으로 날려 버리는 가게 주변 직장인들도 우리 빵집의 귀한 단골들이다. 신기하게도 단골들은 한결같이 정해진 제품을 찾곤 한다. 이제 얼굴만 봐도 뭘 고를지 알고 미리 준비할 수 있을 정도다. 유리창 너머로 그 얼굴을 발견하면 이제 묻지도 않고 마담 퐁당, 무슈 퀸 아망, 무슈 플랑 등 우리만 아는 그들의 별명을 부르며 미리 제품을 포장해 놓았다가 건넨다. 빵이 오가는 그 짧은 사이, 오늘 있었던 일이나 생각, 기쁨과 슬픔, 분노와 위로 등 삶의 소소한 감정을 서로 나눈다.

때로 매일 오던 노인들의 발걸음이 끊기면 혹시나 하는 마음에 조바심을 내며 기다리다가 다시 나타나시면 안도의 숨을 내쉬기도 하고, 자신이 치매라며 빵을 여러 번 사러 오거든 말려 달라는 손님도 있어 안타까운 마음이 들기도 했다.

이 단골들을 감히 가족 같다 말하는 까닭은, 이들이 우리의 빵은 물론 우리 가게 사람들을 그만큼 아끼기 때문이다. 우리가 전통 바게트 상을 받았을 땐 그럴 줄 알았다며 본인이 마치 심사 위원이라도 된 듯 우리보다 더 기뻐하며 동네방네 소식을 전하던 아저씨, 가게를 이전 오픈한 후엔 매일은 못 오지만, 짬을 내 새 가게까지 찾아와 인사를 건네고 우리가 그립다며 끊임없이 애정을 표현하는 손님들도 있다. 이들을 떠올리면 감사한 일투성이다.

프랑스에서 살며 고달픈 일이 왜 없었겠는가. 얼굴에 빵을 던지고 간 사람, 어눌한 프랑스어에 인상을 찌푸리며 말이 통하는 사람을 데려오라는 사람, 아시아인이라면 아무 이유도 없이 화를 내는 사람까지, 이민자라면 누구나 한 번쯤 겪을 법한 일을 나 역시 무수히 경험해야 했다. 홀에서 수많은 고객을 응대하는 일이었기에 더 많이 차별받았다. 하지만 내게 상처 준 이보다 손 내밀어 준 따스한 인연이 더 많이, 깊이 기억에 남아 있다. 덕분에 낯선 동네가 더는 낯설지 않았다.

앞에서 이야기했듯 프랑스 사람들은 하나같이 자신이 다니는 빵집, 정육점, 카페가 최고라고 말하곤 하는데, 우리 단골 중에도 그런 손님이 한둘이 아니다. 밀레앙의 바게트가, 크루아상이, 플랑이 파리 제일이라고 추켜세우는 이들을 보면 흔히 하는 말이란 것을 알면서도 기분이 좋아지곤 한다. 그중엔 오픈 초기부터 매일 아침 바구니 달린 자전거를 타고 와서 커피와 함께 크루아상 하나를 먹으며 직원들과 잠시 수다를 떨고 출근했다가 퇴근길에 다시 들러 커피 한 잔과 플랑 한 쪽을 즐겨 먹는 여자 손님이 있다. 그는 늘 우리 제품을 분석하고 칭찬을 아끼지 않으며, 이민자인 우리의 도전에 감명받았다고 이야기한다. 유명 셰프의 신제품이 나오면 남편에게 맛보라며 사다 놓고 가거나, 가끔 직원들의 간이 회식 자리에 참석해 함께 어울리기도 한다. 자신의 지인과 아는 기자들에게도 우리 가게를 우리보다 더 열심히 홍보해 주던 그는, 나중에 알고 보니 국방부 소속의 고위 국무 위원이었다. 매일 아침저녁으로 자전거를 타고 다니며 빵 한 조각, 커피 한 잔에 행복해하는 소탈한 모습에 고위직이라고 상상도 못했는데!

그런가 하면, 우리가 플랑 대회에 입상하지 못했을 때 우리보다 더 격분하며 선발 과정에 문제가 있다고 흥분하고, 심사 위원들이 바보라며 위로해 준 동네 디올 아주머니(늘 높은 명품 하이힐을 신고 다니셔서 디올 아주머니라는 별명이 붙었다)도 있다. 이런 고객들야말로 밀레앙의 문을 매일 열게 해 주는 주역이다.

밀레앙의 오늘을 있게 한 고마운 이들은 단골손님들이다.
이들을 감히 가족 같다 말하는 까닭은, 이들이 우리의 빵은 물론
우리 가게 사람들을 그만큼 아끼기 때문이다.
홀에서 수많은 고객을 응대하면서 힘든 손님도 만났지만
내게 상처 준 이보다 따스한 이들이 더 많아 버틸 수 있었다.

PATISSERIE
SALON DE THE

~NOS BOISSONS~
mon meunier
100% fait maison
CB A
ARTIR DE 1€
NOUS N
PAS LES

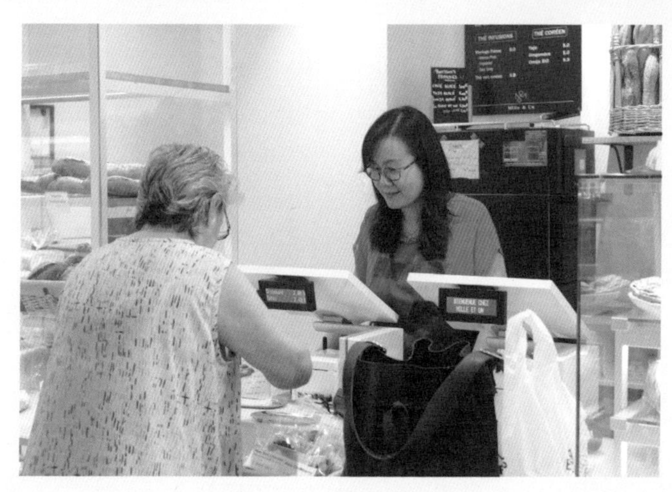

# Story

# 06.

°

32, Rue Saint-Placide,
75006 Paris.

# 파리의 새벽을 깨우는 사람

서용상

"빵은 유일하게
나와 외부 세계를 이어 주는 존재다.
오늘 내가 만든 빵에는 내 열정도 담겨 있고,
내 감정도 담겨 있고, 삶의 여러 굴곡 또한
그 안에 있다."

## 불량제 서용상의 하루

모두가 잠든 시간 무거운 몸을 일으켜 일터로 향한다. 새벽 3시, 한산한 거리에는 늦은 밤까지 일한 사람, 일을 시작하기 위해 일터로 향하는 사람이 간혹 보인다. 피곤을 달래거나 아직 잠이 덜 깨 멍한 모습이다. 누구든 기피하는 이 시간에 움직여야 하는 사람들은 대부분 힘든 환경에서 일해야 하는 직업에 종사한다. 자정 가까이 불 앞에서 요리를 만들던 요리사, 그 뒤에 식당을 정리하고 청소한 사람들, 아니면 나처럼 아침에 제공할 빵을 만들기 위해 출근하는 사람들. 같은 노동시간이라도 이런 시간에 일하는 것은 두 배는 힘들게 느껴진다. 막 떠오르는 태양을 바라보며 신선한 아침 기운에 하루를 여는 것과는 사뭇 다른 분위기다.

가끔은 특별한 이유 없이 그 시간에 움직여야 한다는 것이 복잡한 감정을 이끌어 내기도 한다. 외로움이나 소외 또는 그 비슷한 어떤 것. 아침이나 퇴근 시간에 사람으로 가득한 버스나 지하철이 같은 방

BOULANGERIE
PÂTISSERIE
SALON DE THÉ

향으로 움직이는 느낌이라면 새벽의 야간 버스는 방향이 다른, 외지에서 온 차량 같다. 텅 빈 파리 한복판을 달리지만 바퀴가 땅에 닿지 않고 떠 가는 듯한 기분이다. 매일 이렇게 같은 시공간을 잠시 나누어 쓰지만 나는 또 다른 이방인처럼 느껴진다.

새벽 4시. 일터에 들어서는 순간이면 오는 길에 느낀 이런저런 감정이 살며시 사라진다. 또 사라지게 해야 한다. 그 안에서 시작될 작업의 리듬에 마음을 맞춘다. 습관적으로 온도와 습도를 감각으로 느낀다. 물론 온도계를 사용해 정확한 온도를 측정한다. 온도를 느끼는 것을 습관적으로 우선한다는 것은 그만큼 중요하다는 의미다.

공장 일은 크게 빵을 만드는 불랑제, 비에누아즈리, 그리고 케이크를 비롯한 디저트를 만드는 파티스리 일로 나뉜다. 보통 불랑제가 가장 일찍 출근해 가장 일찍 퇴근하고, 비에누아즈리 파트와 파티스리 파트는 그보다 조금 늦게 출근해 조금 늦게 퇴근한다. 그래서 내가 불랑제 일을 할 때는 새벽 4시에 출근해 낮 12시에 퇴근하는 경우가 많았고, 비에누아즈리를 맡았을 땐 새벽 6시에 출근해 오후 4시에 퇴근하곤 했다. 물론 사장이 된 뒤로 정해진 시간에 출퇴근하는 것이 아니라 필요할 때마다 제빵이든 제과든 손이 필요한 곳에서 모든 걸 진두지휘해야 했다. 누군가 휴가를 가거나, 직원이 그만두면 그걸 메우는 건 주로 내 몫이다.

지금 공장에는 불랑제 세 명, 파티시에 다섯 명, 그리고 샌드위치를 만드는 직원 세 명, 총 열한 명의 직원이 있다. 사람이 자주 들고 나기 때문에 이 숫자는 계속 바뀌곤 한다. 그중 가장 오랜 시간 공장에 머무는 건 당연히 불랑제다. 불랑제는 서로 시간을 정해 교대 근무를 하는데, 첫 번째 사람이 밤 12시에 출근해 아침 7시까지 일하고, 두 번째 사람은 아침 6시에 출근해 낮 2시까지 일한다. 그리고 마지막 사람이 낮 12시에 출근해 저녁 8시에 퇴근한다. 서로 한두 시간만 겹치니 대부분의 시간은 혼자 움직이는 편이다.

파티시에는 주로 전날 밑 작업을 많이 해 두는 터라 한밤중에 출근하는 일이 별로 없다 보니 오전 6시에 출근해 오후 3~4시에 퇴근하고, 점심 샌드위치 담당은 마찬가지로 오전 6시에 출근해 점심시간이 끝나는 낮 1시까지 일한다.

아침 7시. 바게트, 캉파뉴, 천연 발효종인 르뱅(levain)으로만 발효해 구워 낸 호밀빵인 투르트 드 세이글(tourte de seigle)과 투르트 드 묄(tourte de meule) 등이 가장 먼저 매장에 올라간다. 이어서 크루아상, 팽 오 쇼콜라, 퀸 아망 같은 비에누아즈리가 7시쯤 준비되고, 각종 샌드위치와 슈, 케이크도 차례대로 매대에 놓인다. 9시가 되기 전까지는 쉴 새

없이 새로 구운 빵이 올라가 매대를 장식한다.

오전 11시에는 직원들이 교대로 식사를 한다. 바쁜 오전 업무 중간에 잠시 쉬어 가는 시간이기도 하다. 나는 일할 때는 대개 밥을 먹지 않기 때문에, 이 시간에 틈이 나면 잠시 매장을 둘러보거나 일을 한다. 바게트는 한 시간에 한 번씩 계속 구워 새로 나가기 때문에 오븐은 쉴 틈이 없고, 빵을 굽는 동안에는 반죽이나 분할, 성형 작업이 이어진다.

낮에는 대부분 이 과정을 반복하며 보낸다. 파티시에들은 크림을 끓이고, 재료를 손보다 보면 하루가 금세 끝난다. 제각각 출근 시간과 퇴근 시간이 다르기 때문에 저마다 다른 식으로 일을 마무리 짓지만, 매장이 문을 닫는 7시 30분에 공장 일도 마무리된다.

저녁 7시 30분, 매장 문을 닫으면 남은 빵을 폐기하고, 매장은 정산, 공장은 청소를 시작한다. 30분에서 한 시간가량 청소를 하고 뒷정리를 하면 모두가 퇴근한다.

프랑스에 온 지 22년. 지난 세월 동안 거의 매일 몸에 익은 과정임에도 매일 새벽 마치 처음 작업하는 사람 같은 마음이 된다. 물론 거창한 사명감을 갖고 이 길에 들어선 것은 아니다. 그럼에도 굳이 이 일에 임하는 마음을 이야기하자면, 빵 가게 주인으로서 오늘도 문을 열고 고객들에게 빵을 제공하겠다는 무언의 약속을 지킨다는 것, 그리고 우리 직원들과 성실하게 오늘도 좋은 빵을 만든다는 것, 그 이상 어떤 다른 의미가 있는지 잘 모르겠다.

나는 대부분의 시간을 공장에서 빵 만드는 일에 집중한다. 매장에는 좀처럼 나가지 않는다. 그러니 빵은 유일하게 나와 외부 세계를 이어 주는 존재다. 오늘 내가 만든 빵에는 내 열정도 담겨 있고, 내 감정도 담겨 있고, 삶의 여러 굴곡 또한 그 안에 있다. 기분이 좋은 날에는 이런 제품을 만들었다가, 우울하고 지친 어느 날에는 또 다른 제품을 만든다. 내가 만든 빵이 바로 나다. 불랑제는 결국 빵으로 말하는 사람이다.

매일의 성실한 노동의 결과물로서 빵은 정직하게 구워진다. 오래전부터 빵을 만든다는 것은 힘겨운 노동의 결과였다. 아침에 식탁에 올리기 위해 모두가 잠자고 있는 사이 작업을 해야 하는 것은 물론 주말이나 휴일에도 빵을 구워야 한다. 레스토랑은 점심과 저녁 정해진 시간 손님을 맞는다. 물론 그러기 위해 작업을 하는 시간은 짧지 않다. 반면 밤새 준비해 아침에 빵을 구운 불랑제는 저녁에 판매할 빵을 만들기 위해 작업을 계속해야 한다. 한 사람이 하는 것은 아니지만 빵은 거의 하루 종일 구워야 한다.

잘 구운 빵이 누군가의 입에서 순간의 극대화된 만족감을 주는 것은 수없이 반복되는 지루한 과정과 고된 노동의 결과다. 이러한 노동이 오늘의 나를 살게 하고, 우리 가족, 그리고 직원들의 일용할 양식이 된다. 살아간다는 것의 치열함과 숭고함. 그 모든 게 이 안에 담겨 있다.

## 매일의 반죽, 매일의 창조

빵 만드는 일은 반죽으로 시작된다. 밀가루와 물과 소금, 그리고 발효를 위한 이스트나 천연 효모를 섞는 작업. 이 간단한 작업이 반죽이다. 배합표의 정해진 양을 지킨다 해도 적은 범위 안에서 편차는 늘 발생할 수 있다. 사람이 하는 일이니 그 사람의 기분이나 몸 상태 등도 결과물에 작용한다. 날씨와 습도가 날마다 다르고 아침인지 오후인지에 따라서도 작은 차이가 발생한다. 밀가루도 제분하고 얼마나 지났는지, 어떤 상태에서 보관되었는지에 따라 수분 함유량에 변화가 생긴다. 이렇게 적지 않은 변수를 감안하며 불랑제는 기본 과정을 반복한다.

그중 불랑제가 감각적으로 대처할 수 있는 부분이 바로 수분율이다. 반죽이 완성되어 가는 동안 물을 추가해 원하는 상태로 만든다. 이미 넣은 물을 뺄 수는 없지만 모자라면 추가하는 것은 가능하다.

많은 종류와 양의 빵을 만들다 보니 여유로운 작업 환경은 아니지만 최소한 첫 단추 격인 반죽을 하는 것만큼은 주의를 기울이며 옆에 붙어서 관찰해야 한다는 것이 내가 정한 철칙이다. 한번 지나간 반죽이라는 과정은 되돌리거나 보완할 수 없기 때문이다.

반죽을 하면 물과 밀가루가 만나 글루텐이라는 얇은 막을 형성한다. 이 때문에 발생하는 가스를 반죽 안에 가둘 수 있어 반죽은 계속 부풀어 오른다. 밀가루와 물을 혼합할 땐, 단순하게 섞어 주기만 하는 게 아니다. 쉽게 말하면 치대는 작업을 통해 앞에서 말한 글루텐을 형성한다.

빵 종류에 따라 치대는 정도를 다르게 해서 그 빵의 고유한 식감을 조절한다. 치대는 작업을 한 반죽은 늘어나는 성질과 줄어드는 성질을 두 가지 다 갖추게 되는데, 오래 치댈수록 그 성질이 증가한다. 이런 성질 때문에 빵을 만드는 과정에서 반죽에 휴식 시간을 주어야 한다. 급하다고 빵 만드는 과정을 쉼 없이 진행할 수는 없다. 반죽에 한번 손을 댈 때마다 움츠러든 반죽이 다시 느슨해지도록 시간을 주어야 한다. 그러지 않으면 원하는 모양을 만드는 것도 힘들고 글루텐 막이 손상을 입어 가스를 가두는 역할을 제대로 할 수 없다.

반죽을 하는 것이 빵을 만드는 첫 단계이면서 그 이후에 진행될

전 과정과 결과물을 미리 결정짓기도 한다. 프랑스 전통 빵 반죽 전체를 보았을 때 밀가루 60퍼센트, 물 40퍼센트, 소금 0.01퍼센트, 그리고 효모(이스트)는 0.005퍼센트 정도로 중요한 역할을 하지만 소금과 효모는 맛을 좌우하는 주요 재료는 아니다. 그리고 물은 성질에 차이가 있지만 역시 맛에 큰 영향을 주지 않는다. 60퍼센트를 차지하는 밀가루는 양도 많지만 고유의 맛이 차별화되어 있어 빵 맛을 결정하는 가장 중요한 요소다. 당연히 어떤 밀가루를 사용할지 결정하는 것이 불랑제가 해야 할 첫 번째 선택이다.

수입 밀을 대형 회사에서 제분한 밀가루를 사용해야 하는 한국의 경우는 선택의 폭이 넓지 않지만 프랑스의 경우는 좀 다르다. 지역마다 크고 작은 규모의 제분 회사가 있고 그 지역을 중심으로 재배한 밀을 선별하며 때로는 섞어서 밀가루를 만든다. 마치 프랑스에서 지역별로 다른 포도종과 지역 토양이 반영된 차별화된 포도주가 생산되는 것과 비슷하다. 그러므로 제분 회사마다 다른 밀가루를 만들어 내고 그 질에도 차이가 있다. 불랑제는 선택 가능한 범위 안에서 자신에게 제일 잘 맞는 밀가루를 선택한다. 제아무리 경력이 많고 좋은 기술을 갖춘 불랑제라도 밀가루 고유의 맛을 넘어서는 빵을 만들 수는 없다. 그가 할 수 있는 것은 밀가루 고유의 특성과 맛을 최대한 끌어내는 일뿐이다.

불랑제에게 밀가루 회사는 최고의 협력자다. 일정하고 안정된 밀가루를 공급해 준다는 것은 내가 만드는 빵의 안정성과 일정성에 직결된 문제이기 때문이다. 해마다 선택한 밀 또는 제분하는 기술과 보관하는 기술에 따라 같은 모양과 상표의 밀가루를 사용하더라도 빵은 많은 차이를 보인다. 신뢰할 수 없는 제분 회사와 거래한다는 것은 예측할 수 없는 빵을 만드는 고통을 감수해야 하는 일이다. 나는 운 좋게도 르 그르니에 아 팽을 운영할 때 만난 제분 회사와 오랜 시간 협력 관계를 유지하고 있고 만족도가 매우 높다.

밀가루를 선택했다면 이제부터는 불랑제의 몫이다. 어떻게 해야 그 밀가루로 가장 만족스러운 빵을 만들 것인가는 불랑제의 기술과 정성에 달린 것이다.

극한 상황에 이르기 전까지 반죽은 끊임없이 발효를 한다. 발효의 주체자인 효모는 필요한 것들을 취하며 활동을 계속한다. 미생물의 활동이 쉽게 말하면 발효라는 결과를 만들어 내는 것이다. 이 생명체의 활동성은 주변 환경에 영향을 받는다. 불랑제는 온도 등을 조절하며 그 환경에 관여한다. 효모가 정상적으로 왕성하게 활동하는 온도는 대략 섭씨 21~26도. 그 전후로 활동성이 급격한 변화를 보이는데, 이를 이용해 반죽과 환경을 조절해 원하는 발효 방식을 택할 수 있다. 발효를 살펴 가며 원하는 모양을 만들어 적당한 크기가 되면 높은 열로 굽는다. 그러면 빵이 완성된다.

빵을 만드는 과정에서 가장 중요한 한 가지를 말하라면 주저 없이 발효라고 답할 것이다. 발효는 단순히 빵의 크기를 결정하는 요소가 아니라 풍미를 결정하는 핵심 과정이기 때문이며 동시에 혼합된 순간부터 오븐에서 굽기가 완성되기 직전까지 계속되는 과정으로 생명체에 비유하자면 호흡과 같다고 할 수 있다. 호흡이 멈추는 순간 생명체는 생의 마지막을 마주하지만 반죽은 빵으로 태어난다. 반죽을 생명체라고 볼 수 있을지 모르겠지만 그 안에 분명히 생명체가 존재한다. 발효를 맡은 미생물, 즉 효모다. 빵이 만들어지는 과정에는 두 주체가 존재한다. 만드는 불랑제와 그의 도움을 받으며 존재하는 발효의 주체자다. 어느 한쪽만으로는 부족하다. 두 주체의 협력 관계 아래 빵이 완성된다.

지난 시간을 통해 내가 알게 된 것은 빵 만드는 일은 일방적인 작업이 아니라는 것이다. 불랑제가 재료를 섞어 빵을 만들어 내는 것이 아니라 재료로 시작해 반죽으로 이어져 빵이 완성되는 전 과정에서 재료와 반죽과 호흡을 맞추어야 한다. 어느 순간에는 재촉하듯 반죽을 치대고 그다음은 아무것도 하지 않은 채 짧게는 수십 분에서 길게는 수십 시간을 기다리는 발효의 시간도 있다.

성형을 하기 전 원하는 분량대로 반죽을 나눈 후 만들려는 빵의 모양과 비슷해지도록 반죽을 만져 준다. 이것을 둥글리기 또는 선성형이라고 부르는데, 선성형 후 긴장된 반죽에 휴식의 시간을 주어야 한다. 움츠러들고 긴장된 반죽 안의 조직이 다시 제자리를 찾고 느슨해지도록 기다린다. 휴식이 끝나고 다시 이완된 반죽에 힘을 가해 원하는 모양을 만드는 것을 성형이라고 부른다.

빵으로 완성되기 전 불량제와 반죽이 마주하는 시간이다. 같은 반죽에서 분리해 둥글리기를 하고 휴지의 시간을 주었지만 각 반죽 덩어리는 제각각의 모양으로 성형된다. 아무리 숙련된 손으로 작업해도 동일한 모양이 나오진 않는다. 마치 각각의 개성을 담고 있는 것처럼 보인다.

성형이 끝나면 굽기 전 다시 가스가 발생하고 적당한 양을 간직해 원하는 만큼 부풀면 오븐에 굽는 과정을 거친다. 각각의 빵은 색깔과 부피, 터진 모양도 제각각으로 구워져 오븐을 빠져나온다. 불량제는 같은 손, 같은 기술로 빵을 만들지만 모두가 다른 빵으로 완성된다. 이것을 보더라도 불량제와 빵은 서로를 기다리고 배려하고 상호작용한다는 것을 알 수 있다.

내게 빵을 만든다는 것은 늘 창조의 주체가 되는 일이다. 불랑제는 매일의 결과물을 직면하는 직업이기 때문이다. 대부분의 현대 직업에서 이렇게 빠르게 가시적인 결과물로 드러나는 일은 많지 않다. 그러나 빵을 만들면 매일매일 내가 빚어낸 결과물이 내 눈앞에 나타난다. 오늘의 빵은 어떤 맛인지, 내일은 어떤 요소에 더 신경 쓰면 좋을지, 바로바로 돌아보고 확인하고 개선하는 하루가 반복된다. 큰 조직 속에서 자신이 어떻게 기여하는지, 자신의 역할은 무엇인지, 어디로 나아가야 할지 명확하게 알지 못하는 것과는 다르다.

이렇게 해서 내가 만든 빵이 매장으로 올라가 손님들을 만나고, 그들의 식탁에 자리한다. 나는 주로 공장에 머무르기 때문에 손님들을 직접 볼 일이 별로 없다. 하지만 내가 만들어 낸 빵을 통해 그들과 소통하고 있다고 생각한다.

내게 빵을 만든다는 것은

늘 창조의 주체가 되는 일이다.

불랑제는 매일의 결과물을

직면하는 직업이기 때문이다.

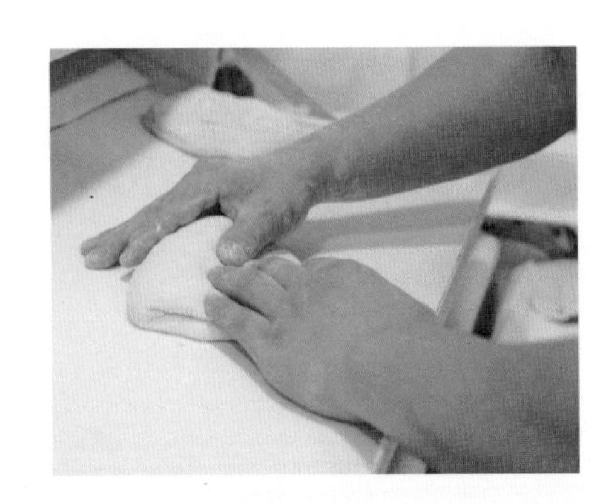

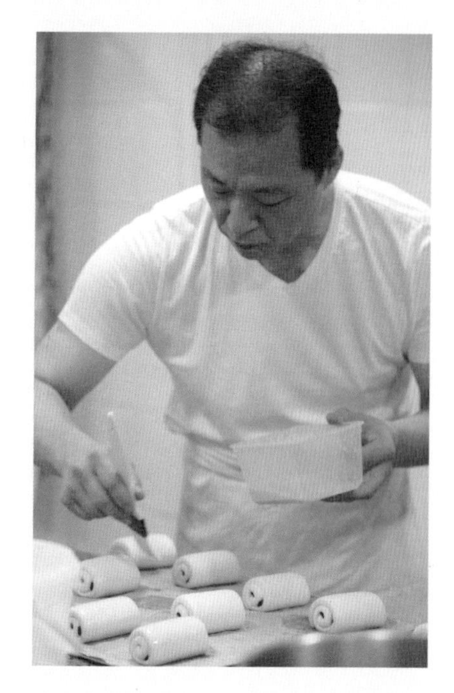

panimatic

Baguette Traditionnelle
1,20 €
Baguette Sésame
Demi Baguette Céréale
Demi Baguette Sésame
Demi Baguette Traditionnelle
Pain Indivi
0,90 €

## 외국인 노동자가 만드는 빵

빵을 만든다는 것은 무척이나 고된 일이다. 모두가 잠든 새벽에 가게에 나와 반죽부터 온갖 밑 작업을 해야 한다. 많은 시간이 필요한 것은 물론 일의 강도도 무척 높다. 힘들고 고된 데 비해 손에 쥐는 돈은 많지 않다. 그러다 보니 프랑스 젊은이들은 이 일을 하려고 들지 않는다.

실제로 내가 처음 프랑스에 와서 일한 제과점의 직원 중 상당수가 외국인 노동자였다. 기술을 배우기 위해, 경력을 쌓기 위해 무보수로 일을 시작해 자리를 잡아 나가는 경우가 많았다. 내가 르 그르니에 아 팽에서 현장 실습을 할 때도 절반은 외국인 노동자가 자리를 채우고 있었다. 이런 상황은 점점 더 심화되고 있는 것 같다. 내가 처음 바게트 대회에 출품할 때만 해도 대회에서 아시아나 아프리카 사람은 별로 보지 못했다. 그런데 최근 몇 년간 파리 최고의 바게트에 선정된 가게들을 보면 다양한 인종이 부쩍 늘었다. 당장 밀레앙만 해도 사장인 우리는 한국인이고, 우리와 함께 일하는 직원 대부분이 한국인이거나 아시아의 다른 국가에서 온 이들이다. 파리에서 팔리는 빵 중 상당수가 이민자와 외국인 노동자들의 손으로 만들어지고 있는 것이다.

최근 한국에서 기술을 배우러 오는 젊은이들은 우리 때처럼 오래 한 빵집에서 일을 하지 않는다. 대부분 한두 가지 기술과 레시피를 익힌 뒤 고국으로 돌아가 마들렌, 마카롱 등 특화된 매장을 차리는 경우가 점점 더 많아지고 있다. 제빵의 기본이 되는 많은 종류의 제품을 모두 배우고 직접 만들어 보려면 오랜 시간과 많은 비용이 들기 때문이다.

요즘 세대를 탓할 생각은 없다. 나 때와 달리, 오늘날의 젊은 사람들에게 먼 미래는 크게 의미가 없다는 것을 알고 있다. 내가 이 일을 시작했을 때만 하더라도 하루하루 막막했지만, 언젠가 내 빵집을 열겠다는 포부가 있었고 미래가 그려졌다. 나만 그랬던 게 아니라 당시 열이면 열, 모두가 그러했다. 하지만 오늘날 젊은이들이에게 창업은 점점 더 어려운 일이 되고 있다. 더 많은 경쟁력과 자본력을 요구하기 때문이다. 예전에는 빵집이라고 하면 모든 종류의 빵을 갖추는 게 당연했다. 하지만 요즘 젊은이들은 처음부터 틈새를 노려 특화된 작은 매장을 목표로 한다. 그처럼 목표가 다른 것에 누구를 탓할 수 있을까.

한국과 마찬가지로 프랑스에서도 힘든 노동은 대부분 외국인 노동자가 담당한다. 나 역시 외국에서 온 노동자로 이 업계에 뛰어들어 기술을 익히고 자리를 잡았으니 다르지 않다. 하지만 점차 이민자나 외국인 노동자들조차 빵집을 기피하는 현상이 이어지고 있다. 현장은 점점 더 일손을 구하기 어려워 빈자리를 내가 혼자 메워야 하는 날도 많았다. 상황이 이러하니 프랑스에서도 공장에서 찍어 내는 냉동 생지를 받아 파는 가게가 점점 늘어난 게 아닐까.

그럼에도 내가 수제를 고집하는 까닭은 간단하다. 입에 들어가는 음식이기 때문이다. 빵은 정성을 들여 만들어야 하는 음식이다. 나는 불랑제와 파티시에 자격증을 모두 가지고 있다. 프랑스에는 이 둘을 엄격하게 구분하지만, 나는 스스로의 정체성을 불랑제 혹은 파티시에 어디에도 두지 않는다. 굳이 정체성을 따져 묻는다면, 나는 그냥 먹을 것을 만드는 사람이다. 먹을 것으로 장난치지 말자. 정직하게, 스스로에게 부끄럽지 않는 음식을 만들자. 내 식탁에 올릴 음식을 만들자. 이런 생각만 할 뿐이다.

조금 욕심이 있다면, 내가 만든 빵을 먹는 사람들이 행복했으면 좋겠다는 것이다. 갓 만든 빵의 따스함, 입안에 퍼지는 구수한 향기와 바삭하고 고소한 식감. 손안에 든 소소하지만 확실한 행복을 고객에게 줄 수 있으면 좋겠다. 고객뿐 아니라 함께 빵을 만드는 직원들, 그리고 우리 가족도. 나는 이 일을 하면서 나와 내 가족, 직원, 그리고 손님을 행복하게 해 주는 빵을 만들고 싶다. 그것이 내가 매일 새벽 공장에 나와 반죽을 하고 손으로 직접 빵을 만드는 이유다.

## 사장과 직원

프랑스에서 생활하면서 많은 사람을 만났지만 내 생활 반경은 주로 집과 빵집, 그것도 지하 공장으로 제한되어 있었다. 그러다 보니 내가 가장 많이 얼굴을 마주한 이도 직원들이다.

첫 가게를 운영하던 10년 동안도 그렇고, 밀레앙에서도 무수히 많은 직원이 나와 인연을 맺었다. 들고 나는 인원이 많아 정확한 숫자를 셀 수는 없지만 100여 명이 훨씬 넘을 것이다.

규모가 크지 않은 빵집이지만, 적을 때는 10여 명, 많을 때에는 20여 명에 달하는 직원이 함께했다. 코로나19 팬데믹 때는 모두 그만두기도 했고, 그 후로 사람을 구하기 어려워 그 수가 반의 반으로 쪼그라들었을 때도 있었지만 지금도 20여 명의 직원이 함께한다. 경력을 쌓기 위해 잠시 들렀다 가는 직원 수도 적지 않으니 스쳐 간 인연이 헤아릴 수 없이 많다.

짧게는 학교 실습 스타주로 몇 개월만 지내고 가는 친구들부터,

1년짜리 워킹 홀리데이 비자로 일하러 온 친구들, 그리고 취업 비자를 받고 몇 년씩 함께하는 친구들, 또 개중엔 오랜 세월 가족처럼 우리와 함께하는 친구들도 있다.

물론 모든 관계가 그렇듯 우리를 거쳐 간 모든 직원과의 관계가 좋기만 했던 건 아니고 때로는 오해로 아쉽게 마무리된 직원들도 있다. 설명으로는 서로의 입장을 다 이해하기 어려운 상황도 있고, 또 워낙 제품에 대해 깐깐함을 유지하는 철저한 셰프의 완고함을 견디지 못한 친구들도 있었을 것이다.

첫 가게에서 처음 5년 동안 함께한 동료들은 대부분 한국에서 쌓은 경력이 적지 않은 경우가 많았다. 나와 나이도 크게 차이 나지 않아 밖에 나가면 형, 동생으로 부를 만한 친구들이었다. 경력이 쌓이며 이론이 부족하다고 생각이 들었던 이, 제과 제빵의 본고장은 어떤지 궁금했던 이, 답답해서 어디론가 피할 곳이 필요했던 이 등 저마다의 사연을 가지고 파리로 날아왔다. 내가 이곳 프랑스에서 첫발을 디디며 막막했던 시간을 생각하면 작고 초라해도 누군가에게 작은 비빌 언덕이 될 수 있다는 게 좋았다. 이 작고 초라한 언덕을 푸근하다 여겼던 사람도 있고, 잠시 경유하는 곳으로 여긴 사람도 있었다. 내 편견과 오해였을 수도 있지만 비빌 언덕으로 삼았던 친구들과 경유지로만 생각했던 친구들은 나의 추억 속에서 다르게 남아 있다.

서로가 크게 주고받은 것은 없지만 우연히 접하는 그들의 소식에 마음이 가고 시선이 멈춘다. 지금 돌아보면 나에게 그들은 직원인 동시에 내가 지나간 길을 걷는 후배였던 것 같다. 사장 입장에서 고맙기도 때론 서운하기도 하고, 선배 입장에서 그들의 입장이 이해되고 안타깝기도 했다. 지금 돌아보면 어정쩡한 나의 입장이 나에게도 그들에게도 불편함을 주었을 수도 있겠다.

그래도 내가 그들에게 무엇인가를 베풀어 주고 있다고 생각한 적은 한순간도 없었다. 그때는 지금처럼 뼈저리게 느끼지는 못했지만 되돌아보니 나 혼자가 아니라 그 친구들이 함께했기에 힘든 시간을 무사히 보낼 수 있었다는 생각이 든다.

파리 가게를 거쳐 간 친구들을 생각하며 망상을 펼쳐 본다. 나와 인연을 맺었던 친구들이 한자리에 모이는 날을. 사소하게 서운했거나 고마웠던 기억은 시간의 흐름과 함께 마음 저 아래 깊이 가라앉았다. 그들에게 적지 않은 의미를 주었을 파리, 그 아련한 추억으로 가볍고 애틋하게 만날 수 있을 것만 같다.

첫 가게 후반 5년간이나 밀레앙에서 만난 친구들은 그 전에 만난 이들과는 많이 달랐다. 우선 세대 차이가 났다. 어느덧 형, 동생이 아닌

내 아들, 딸과 나이가 비슷했다. 그리고 경력 없이 나와 함께하는 현장이 거의 출발점인 경우가 많다. 처음 나는 적잖이 놀랐다. 그들의 배짱에 놀라고 내가 배울 때와 다른 분위기에 또 한번 놀랐다.

그래서 처음에는 어떻게 대해야 할지 막연하기도 했다. 지금은 아들, 딸과 이야기하는 마음으로 대하니 편하기도 불편하기도 하다. 내가 특별히 해 주는 것은 없지만 마음 한편에는 좀 더 든든한 어른이어야 하지 않을까 하는 부담이 있다. 하지만 이제는 부담스러운 마음도 점점 익숙해져 가고 있다. 직업에 대한 이해도, 사람을 대하는 방식도 다르다고 느껴지는 다른 세대 청년들과의 동행은 나름 재미있다. 그게 가능한 것은 나보다 아들 형철이가 정서적 소통의 중심에 있기 때문이라고 생각한다. 초창기 동료들에게 경력도 비슷하고 나이도 비슷한 형 같은 사장이었다면 지금의 동료들에게 나는 나이는 많고 자칫하면 '꼰대'가 될 수도 있는 아저씨 같은 사장이 아닐까.

이들에게 내가 어떤 사장으로 기억될지는 잘 모르겠다. 하지만 빵 공장에서 대부분의 시간을 보내는 내게 그들은 얼굴을 가장 자주 마주하는 식구이고, 고된 일을 마다하지 않고 내게 와 준 은인이고, 같은 길을 걷는 동료이자, 홀로 외롭지 않게 곁을 지켜 준 세상이기도 하다.

시간이 흐르며 종종 프랑스에서 또는 한국에서 전국으로 흩어져 서울에서 저 멀리 제주도까지, 그리고 이곳 프랑스 파리에서도 자신들의 가게를 오픈하고 관련 업체에서 중요한 역할을 하며 제과 제빵의 길을 묵묵히 가고 있는, 우리를 거쳐 간 직원들의 소식을 들을 때마다 기특하고 기쁘고 마음 한편으로 응원하는 마음이 불끈불끈 솟는다.

## Mille et Un

밀레앙

르 그르니에 아 팽에서 함께 근무한 직원들.

어려웠던 시절을 함께 묵묵히 지켜주었고,

밀레앙까지 인연이 이어진 이들도 있다.

밀레앙 직원들이 한자리에
모일 수 있는 시간은 회식시간.
공장과 매장에서 각자의 일을
열심히 해 내는 고마운 이들이다.

## 플랑 그랑프리

작업 중에 오는 전화는 잘 받지 않는다. 꼭 필요한 일로 전화를 했다면 메시지나 음성을 남기기 때문이다. 그날의 전화도 역시 받지 않았다. 작업 중이었기 때문이다. 그러다 잠시 난 틈을 이용해 전화기를 손에 들었다. 음성 메시지가 남겨져 있어 확인한 뒤, 다시 발신자에게 전화를 하지 않을 수 없었다. 며칠 전 출품했던 플랑 대회 관계자가 남긴, 상위 20명 안에 들었다는 내용이었기 때문이다. 전화 통화로도 정확한 순위는 듣지 못했다. 금요일에 시상식이 있으니 반드시 참석해 달라는 이야기만 전해 들었을 뿐이다. 혹시 부득이하게 본인이 참석하지 못한다면 반드시 누군가를 대신 보내 달라는 당부까지 했다. 수상자가 20명이면 좀 많은 숫자다. 그래도 일단 20명 안에 들었다니 약간 기대되기도 했다. 꼭 참석해 달라는 당부를 했으니, 조금은 높은 등수에 든 게 아닐까.

밀레앙을 오픈하고 얼마 지나지 않은 때부터 플랑이 맛있다는 손님이 많았다. 진심 어린 이야기를 수차례 듣다 보니 플랑에 더욱 신경 쓰게 되었고 애착이 생겼다. 칭찬이라는 영양분을 제대로 공급받으며 꾸준히 개선된 플랑이니 한 번쯤 수상을 기대해도 괜찮지 않을까 생각했다.

실은 이번이 첫 대회 참가는 아니었다. 2021년에 신청했으나 코로나19로 대회가 미뤄지더니 결국 열리지 못했고, 2022년에도 출품했지만 수상하지 못했다. 2023년에는 플랑 대회 신청을 놓칠 뻔했는데, 아들이 미리 알려 주어 잊지 않고 신청해 두었다가 일에 떠밀려 또다시 잊고 지냈다. 정신없이 빵을 만들다 보면, 대회 일정을 잊는 일은 종종 있었다. 사실 2023년 크루아상 대회도 일정을 잊어버려 참가하지 못했다. 플랑 대회도 대회 전날에서야 문자를 받고 뒤늦게 기억하고는 늦지 않게 플랑을 제출할 수 있었다.

플랑은 지극히 순박한 제품이다. 모양도 구성도 간단하다. 색색의 예쁜 데코도 없어 귀엽거나 화려한 모양을 띠지도 않는다. 그러나 프랑스의 어느 빵집이나 제과점에 들어가도 볼 수 있는 국민 디저트다. 신경 써서 고르는 제품도 아니어서 어른, 아이 할 것 없이 누구나 가리지 않고 좋아한다. 크림과 크림을 담는 그릇 역할을 하는 타르트 껍질이 전부다. 그러니 어떻게 만드느냐에 따라 맛이 좌우된다. 크림은 흔히 커스터드 크림이라고 부르는 우유, 전분, 달걀, 그리고 설탕, 필수는 아닌 바닐라 빈 등 어디서나 흔하게 구할 수 있는 재료로 만들 수 있다. 타르트 껍질은 선택 가능한데, 밀레앙의 플랑은 페이스트리 반죽을 이용한다. 더 바삭한 식감과 풍미를 주기 때문이다. 물론 작업은 좀 더 까다롭고 긴 시간을 들여야 한다.

수상 당일, 크지 않은 홀에 사람들이 모여 있었다. 시작 시간이 다 되어 도착해 입구로 들어서자 사람들의 시선이 몰렸다. 20등까지 시상을 하는데 모인 사람은 50명이 훌쩍 넘어 보였고, 그중 아시아인은 나 혼자, 아니 정확히는 우리 가족뿐이었다. 홀 한쪽에 자리한 긴 테이블 위로 열 개의 트로피가 놓여 있었다. 작은 것부터 점차 트로피 크기가 커졌다. 트로피는 열 명에게만 주는 걸까 생각하며 조금은 경직된 얼굴로 서 있는 사람들의 표정을 살펴보았다.

진행자가 이런저런 관련자를 소개하는 것을 시작으로 인사말이 이어졌고, 심사가 쉽지 않았다는 등 의례적인 순서가 진행되는 동안 상기되었던 얼굴들은 조금씩 웃음을 찾았다. 드디어 호명이 시작되었다. 20등부터 역순으로 수상자를 호명했는데, 5~10등 안에만 들어도 나쁘지 않겠다는 생각을 하는 동안 열한 번째 수상자까지 호명이 끝났다. 11~20등은 상장만 주어지고 트로피는 없었다. 아직 밀레앙 서용상이 불리지 않았다. 다행이란 생각이 들었다. 최소한 트로피는 들고 갈 수 있게 되었기 때문이다.

이때부터 수상자 이름을 부르는 횟수가 더해 갈수록 심장이 쫄깃해졌다. 다섯 명이 남을 때까지 내 이름이 불리지 않자, 떨리기 시작했다. 무슨 일이 벌어지고 있는 건가 싶어 무작정 내 이름이 조금이라도 더 늦게 불리기를 바라며 고요한 흥분 속에서 허우적거리는 느낌이었다. 옆에 선 아내는 "이게 무슨 일이야"를 연발하며 감정을 감추지 못했다.

마지막 두 명이 남았을 때까지도 내 이름은 호명되지 않았다. 이렇게 되고 나니 이왕이면 1등이면 좋겠다는 간절한 마음으로 마지막 남은 한 사람과 진행자 옆에 나란히 섰다. 이번 심사에서 우열을 가리는 데 애를 먹었다는 이야기를 하고 뜸을 들이며 드디어 발표를 하는데, 진행자가 "1등은…" 하고 잠시 머뭇거렸다. 생소한 내 이름을 어떻게 발음할지 주저하고 있다고 직감했다. 역시나 그 뒤에 "세오 욘산"이라는 많이 듣던 프랑스식 발음이 들렸다. 그 뒤로는 어떤 인사말을 했는지 제대로 기억나지 않는다. 나도 모르게 프랑스 말로 횡설수설하고 기념 촬영도 했던 것 같다.

수여식이 끝나자 샴페인을 들고 삼삼오오 모여 대화를 나누었다.

협회장이 다가와 심사 후 플랑을 시식했는데, 크림의 식감이 특히 인상적이었다며 비결이 있냐고 물었다. 횡설수설 답하는 가운데 다른 수상자 몇도 다가와 축하한다는 인사와 함께 어떤 재료를 사용하는지 궁금해했다. 곁에 서 있던 아내는 아직도 믿기지 않는다며 기쁨을 숨기지 못했다. 나만큼 표현이 적은 아들도 옅은 미소로 상기된 마음을 표현했다.

가게로 돌아와 아직 퇴근하지 않은 직원들과 다시 한번 우승의 기쁨을 나누었다. 가장 먼저 든 생각은 이제부터 어떤 일이 벌어질까 하는 것이었다. 직원들이 가장 처음 한 질문도 "그럼 내일부터 플랑을 몇 판이나 만들어야 할까요?"였다. 걱정이 될 만도 했다. 당분간은 플랑을 끝도 없이 만들어야 할 테니까.

실제로 다음 날부터 플랑이 날개 돋힌 듯 팔리기 시작했다. 직원 두세 명이 달라붙어 하루 일과의 3분의 1은 플랑 크림 끓이는 데만 매달려 평소의 다섯 배가 넘는 플랑을 만들어야 했다. 가게 입구 유리창에는 큼지막하게 '2023년 프랑스 플랑 대회 우승자'라는 문구와 함께 커다란 월계관 스티커가 붙었다. 다행히 플랑 대회 우승 수상자에게 주어지는 혜택이 플랑 크림을 만드는 재료인 푸드르 아 크렘(poudre à crème) 100킬로그램을 제공하는 것이어서 재료에 대한 부담은 조금 덜 수 있었다.

단골손님들은 1등 수상 소식에 우리보다 더 기뻐했다. 역시 그럴 줄 알았다며, 자신이 선택한 플랑이 프랑스 제일이라고 기분 좋아했다. 그 모습에 잔잔하게 밀려드는 기쁨이 마음 깊은 곳까지 꽉 찼다.

프랑스인의 국민 디저트 플랑 부문에서 한국인이 그랑프리를 수상한 것은 프랑스에서도 이례적인 일이었다. 20여 년 넘는 오랜 고된 시간 끝에 찾아온 수상 소식에 단골손님들은 우리보다 더 기뻐했다. 이후 쏟아지는 인터뷰와 날개 돋친 듯이 팔리는 플랑 때문에 우리는 더 이른 새벽 빵집 문을 열고 있다.

Mille et Un
밀레앙
BOULANGERIE
SALON DE THE
Meilleur
Flan
Île de France
2023

outro.

# 다시 한국으로

Votre attention s'il vous plaît…

2024년 2월 3일 저녁 8시. 나는 파리의 샤를 드골 공항 터미널에서 한국행 비행기를 탑승할 E터미널 탑승 게이트 앞에 앉아 있다. 아내와 네 살, 10개월이었던 아이들과 함께 떠나 온 그곳, 대한민국으로 돌아가기 위해서다.

« 안내 방송 드리겠습니다. 파리행 탑승을 곧 시작하겠으니 승객 여러분께서는…. »

22년 전 인천공항에서 파리로 오던 날 들은 안내 방송이 오버랩되었다. 한국을 방문하기 위해 자주 이용했던 공항 터미널 게이트 앞이지만 이날은 사뭇 다른 공기였다.

프랑스의 여름은 상쾌하다. 다소 기온이 올라도 끈적거림이 없다. 하지만 태양 아래서는 뜨겁다. 낯선 땅에서 쏟아지는 햇살은 격렬했고 우리는 녹아내리듯이 온몸을 던져야 했다. 다른 언어와 다른 문화의 이질감, 어려운 순간들은 수시로 앞길을 막아섰지만 변변하게 의논할 상대 하나 없었다. 그저 몸뚱이 하나로 그 앞에서 버티고 또 버텼다. 계획하고 준비하는 시간보다 갑자기 맞닥뜨린 상황을 힘겹게 넘겨야 하는 때가 많았다. 프랑스에 남기로 했을 때도 보이지 않는 길 앞에서 실낱 같은 가능성을 움켜쥐고 뛰어 들었다. 만일 다시 새로운 땅에서 그 날과 같은 시작을 해야 한다면… 자신이 없다. 서른을 갓 넘겼던 그 때와 달리 오십 중반에 이른 나이 탓일까. 별것 아니었다고 입버릇처럼 말하면서도 몸에 쌓인 고된 기억들은 잊혀지지 않는다.

이제껏 건너온 강물 같은 세월을 돌아보면 어느 지점은 굽이치는 급물살도 있었고 어느 지점은 건너편이 보이지 않았다. 그럴 때마다 늘 스스로에게 이렇게 말했다. 사람이 살며 이 정도 어려운 일은 다 겪으며 산다고. 연민의 감정이 깊지 못한 나는 스스로에게도 인색하여 애틋한 위로를 건네지 못한다. 항상 지난 것보다는 앞으로의 것에 더 집중하였고 감정보다는 현실을 우선하였던 나는 어쩌면 견디고 버티는 데 더 익숙했는지도 모른다. 그래서 직면한 상황들은 간신히 넘겼지만 정작 가까운 이의 고통은 알지 못했다.

아내도 나만큼 무던한 사람이었다. 프랑스에서의 20여 년 동안 힘들다는 내색은 몇 번밖에 내비치지 않았다. 하지만 그건 나의 착각이었고 외면이었다. 경기를 완주하고 버티고 서 있을 한 가닥 힘조차 남지 않은 마라톤 선수처럼, 지나가는 폭풍을 피할 수 없어 온몸으로 맞아 부러지고 상처만 남은 들판의 나무처럼, 아내는 딱 그런 상태였다. 그것도 내가 알아본 것이 아니라 아내가 내게 말해 알게 되었다. 그럼에도 나는 무엇이 아내를 힘들게 했는지 알지 못하였고, 외면한 채 많은 시간을 보냈다. 살기 위한 본능의 힘이었을 것이다. 아내는 협박과 설득을 오가며 목소리를 멈추지 않았다. 그제서야 나는 질문을 하기 시작했다. 우리가 정말 그렇게 살아왔나. 프랑스에서 보낸 시간은 그토록 고통스런 날들이었나.

아내와 난 비로소 마주앉아 대화라는 것을 시작하게 되었다. 우리가 숱하게 헤치고 지나온 상황과 현실이 아니라 그 앞에 서 있는 아내와 나에 대한 이야기. 버릇처럼 다시 당면한 현실로 도망치는 나를 아내는 불러 세웠다. 그제서야 나는 조금씩 깨닫기 시작했다. 아내도 나도 이 낯선 땅에서 참 힘겨웠다는 것을….

다행히 20년 넘는 시간 동안 나에게도 어떤 변화가 생겼고, 아내도 마찬가지였다. 아내는 자신에게 쉼과 위로와 보상을 하기 시작했다. 작은 것도 마다하지 않고 스스로를 감싸안으며 새로운 변화를 경험하고 있는 듯하다. 내가 할 수 있는 것은 그런 아내를 인정하는 것이다. 다 이해하지 못하더라도 인정하는 것으로 아내의 마음을 위로하고 싶다. 힘들었던 시간들을 함께 버텨준 것에 고마운 마음을 그렇게라도 전하고 싶다.

부모를 따라 왔고 부모가 남기로 해서 프랑스에서 살게 된 우리 아이들. 형철이와 유진이에겐 항상 빚진 느낌 비슷한 것이 있다. 어려움 앞에 선 아이들을 마주하면 내가 그런 결정을 하지 않았다면 어땠을까  자책하기도 했다. 그러나 아이들은 주어진 환경에 맞게 대처하고 배우고 아파하며 성장하였다. 우리가 아이들 옆을 지키고 있었다고 착각하며 사는 동안 아이들은 대견하게도 스스로 살아가고, 자라가고 있었다. 안전한 울타리도 달리 인식하는 순간 담장이 될 수 있다. 우리는 아이들의 뒤를 지켜줄 수 있는 울타리가 되고 싶다. 우리의 부모님이 그러셨던 것처럼.

22년 전과 마찬가지로 여전히 정리되지 않은 것들을 품고 한국행 비행기에 올랐다.  그동안 한국을 여러 차례 방문했지만 올해처럼 한국에 자주, 많이 들어온 적은 없었다. 2023년 6월, 플랑 대회에서 수상한 이후 생긴 변화다. 플랑 대회에서 1등을 하고 난 후 신문, 방송국, 매거진 등 다양한 프랑스 매체에서 밀레앙을 소개하였다. YTN을 통해 한국에도 이 소식이 전해졌다. 지인들의 축하가 이어지긴 했지만 그때까지만 해도 별다른 반응이 없었다. 아내가 지인을 통해 한국의 일간지

기자에게 프랑스 파리에서 빵집을 하는 한국인이 플랑 대회에서 1등을 했다는 소식을 전했지만, 큰 관심을 보이는 것 같지는 않았다. 대한민국과 프랑스는 거리가 너무 멀다 보니 그게 당연한 것 같았다.

그런데 갑자기 메일을 하나 받았다. 한국의 방송국이라고 했다. 〈유 퀴즈 온 더 블럭〉이라는 예능 프로그램의 작가였다. 나는 한국의 예능 방송 프로그램을 당연히 알지 못했다. 유재석, 조세호 씨가 함께 진행하는 프로그램을 짧은 동영상으로 본 기억은 있었지만 프로그램 이름은 알지는 못했다. 한국까지 가서 방송에 출연하라니 당연히 못 하겠다고 했다. 하지만 아내의 강한 권유로 그해 10월 한국에 들어가 촬영을 했다. 방송이 송출된 후 상황은 갇혔던 댐 안의 물이 방류된 것처럼 급물살을 탔다. 바로 다음날부터 파리로 여행 온 한국인들이 밀레앙 앞에 줄을 섰다. 그리고 일주일도 채 지나지 않아 밀레앙의 한국 진출이 결정되었다. 파리에서 만든 우리만의 브랜드 밀레앙으로 한국에서 2호점을 내면 어떨까 하는 바람은 오랜 꿈이었다. 과연 이룰 수 있을까 의심하던 꿈이기도 했다. 오랜 시간 고민하며 방법을 찾았어도 멀기만 했는데, 눈 깜짝할 사이에 주변 상황이 나를 앞질러 저 앞으로 달음질하고 있었다. 늘 그렇듯 아내는 나보다 더 현실적인 사람이라, 한국 진출 결정을 하는 데도 아내의 역할이 컸다. 내가 머뭇거리는 사이 아내는 업계 관계자들을 만나 미팅을 하고, 나를 설득했으며, 한국 진출에 필요한 다양한 조건을 검토하고 필요한 서류를 준비했다. 그리고 나보다 먼저 한국으로 가 밀레앙 한국 진출의 길을 닦았다.

다시 출발선상에 섰다는 생각 때문일까. 오래전 한국을 떠나올 때처럼 긴장과 흥분이 가라앉지 않는다. 내가 만드는 제품을 한국 사람들은 어떻게 생각할까? 입맛에 잘 맞을까? 바뀐 환경에서 파리 밀레앙의 맛을 그대로 전달할 수 있을까? 걱정도 되고, 여러 고민이 없다면 거짓말일 것이다. 그러나 늘 그래 왔듯 포기하지 않고 주어진 일에 최선을 다하다 보면 길이 열리겠지 하는 마음도 든다. 빈손으로 프랑스로 떠나왔던 22년 전과는 많은 것이 달라졌다. 아내와 나는 조금 늙었고, 아이들은 장성했다. 시간은 서로 이해할 수 있는 소중한 선물을 남겼다. 힘들고 엇갈리던 시절을 지나고 점점 교차점을 만들고 변곡점을 만나 우리 가족도, 가게도 또 다시 새로운 국면에 접어들었다. 더 넓어진 지평에서 어떤 모양이 만들어질지 기대된다. 사랑하는 아내, 듬직한 아들, 그리고 달달한 딸의 위로와 응원이 있으니 이 새로운 도전이 어떤 모양이든 의미 있는 결과로 이어질 것이라는 고요한 확신이 한국으로 향하는 내 몸과 마음에 가득히 차올랐다. 다시, 새로운 시작이다.

La Cave du Cherche-Midi
Vins Champagnes Bieres Alcools

LE NEMROD
LE NEMROD

SEO YONGSANG
«MA PASSION DANS CE MÉTIER EST
LE PARTAGE EN TOUTE CONVIVIALITÉ»
Formules
sandwich +

빵의 본고장
프랑스를 사로잡은

# 밀레앙 레시피

# baguette tradition
## 프랑스 전통 바게트

재료 20개 분량

- 프랑스 전통 밀가루(farine de tradition Française) 1000g
- 물(eau) 700g
- 소금(sel) 18g
- 효모(levure) 10g

바게트는 '바게트 드 파리baguette de Paris'라고 불릴 정도로 파리를 중심으로 발전한 빵이다. 프랑스 전통 바게트는 첨가제를 넣지 않고 밀가루, 물, 소금 그리고 천연 효모로만 만든다. 손이 많이 가기 때문에 파리의 모든 빵집에서 전통 바게트를 만들지는 않는다. 제대로 만든 전통 바게트는 구수하고 바삭하며 매일 먹어도 질리지 않는다. 밀가루가 지닌 고유의 맛과 발효 과정에서 생겨나는 풍미로 맛이 결정된다.

**프랑스 전통 바게트 레시피**

---

① 밀가루와 물을 섞는다.
② 1시간 후 소금과 효모를 넣고 저속으로 6분 정도 믹싱한다.
③ 믹싱이 끝난 반죽을 20분에 한 번씩 세 번의 펀치(퍼져 있는 반죽을 사방에서 모아 반죽에 다시 긴장감을 갖게 하는 동작)를 준다.
④ 반죽을 용기에 담고 1시간 정도 실온에서 발효한다.
⑤ 350g으로 분할한 후 둥글리기 하고 30분 후 막대 모양으로 성형한다.
⑥ 40~60분 후 섭씨 260도로 예열한 오븐에서 20여 분간 굽는다.

# tourte de seigle au levain
## 천연 발효 호밀빵

재료 3개 분량

### 1차 반죽

- 호밀 가루(farine de seigle) 235g
- 호밀 르뱅(levain de seigle) 235g
- 물(eau) 235g

### 2차 반죽

- 호밀 가루(farine de seigle) 510g
- 물(eau) 510g
- 소금(sel) 14g
- 효모(levure) 2g

밀레앙의 호밀빵은 100퍼센트 호밀을 사용하고 천연 발효종인 르뱅 역시 호밀로 만든다. 껍질이 단단하고 갈라진 모양이 인상적이며 오븐에서 나오는 순간 과일 향이 나기도 하고 꽃 향이나 꿀 향이 느껴지기도 한다. 속이 꽉 차서 빵을 잘라 단면을 봐도 기공이 없다. 식감은 조금 거칠지만 깊은 맛이 매력적이다. 시큼한 맛이 있어 프랑스 사람들은 생선이나 굴 등 해산물과 즐겨 먹는다.

### 천연 발효 호밀빵 레시피

---

**1차 반죽**

① 모든 재료를 저속으로 6분 정도 믹싱한다.
② 반죽을 볼에 담고 위에 천을 덮어 실온에서 1시간 30분 정도 발효한다.

**2차 반죽**

① 1차 반죽과 2차 반죽용 재료를 저속으로 6분간 믹싱한다.
② 볼에 담고 천을 덮어 실온에서 1시간 30분간 발효시킨다.
③ 발효가 끝난 반죽을 미리 밀가루를 뿌려 둔 틀에 560g씩 담고 10분 후 섭씨 240도로 예열한 오븐에 넣고 19분 정도 굽는다.
오븐 온도를 220도 정도로 낮춘 후 약 20분간 더 굽는다.

# kouign amann à ma façon
## 내 방식의 퀸 아망

재료

- 크루아상 반죽(pâte à croissant) 1000g
- 가염 버터(beurre demi-sel) 250g
- 설탕(sucre) 100g
- 우유

퀸 아망은 프랑스 북서쪽 브르타뉴(Bretagne) 지방의 특산물로 버터와 캐러멜이 크루아상 반죽과 어우러져 달콤하고 풍미 깊은 페이스트리를 만들어 낸다. 프랑스 빵집 어딜 들어가나 맛볼 수 있는 대중적인 메뉴다.

### 내 방식의 퀸 아망 레시피

---

① 크루아상 반죽을 3mm 정도 두께로 넓게 편 후
실온에 놓아두어 포마드 상태가 된 버터와 설탕을 펴 바른다.
② 둥글게 만 후 원하는 크기로 자른다.
③ 틀에 설탕과 우유를 조금 넣고 자른 반죽을 넣고 발효시킨다.
④ 섭씨 170도로 예열한 오븐에서 약 40분간 굽는다.

# brioche au levain

## 르뱅을 넣은 브리오슈

재료

- 강력분(farine gruau) 500g
- 설탕(sucre) 200g
- 소금(sel) 18g
- 효모(levure) 35g
- 달걀(œuf entier) 300g
- 버터(beurre) 200g
- 천연 효모(levain) 250g

브리오슈는 버터와 달걀을 듬뿍 넣어 고소하고 약간 달콤한 맛을 내는 폭신폭신한 프랑스 전통 빵이다. 파리 사람들은 아침 식사 메뉴로 크루아상이나 브리오슈 같은 부드러운 빵을 찾는 경우가 많다. 모양과 재료에 따라 다양한 종류의 브리오슈가 있다.

### 르뱅을 넣은 브리오슈 레시피

---

① 버터와 설탕의 절반을 제외한 모든 재료를 믹싱한다.
② 볼에서 떨어질 때까지 믹싱한 반죽에 버터와 남은 설탕을 넣고
   전체적으로 잘 섞이도록 저속으로 믹싱한다.
③ 반죽을 볼에 넣고 30분에 한 번씩 두 번 펀치를 준 후 하루동안 냉장 보관한다.
④ 원하는 크기로 분할해 성형한 후 실온이나 발효실에서
   2.5배 정도 크기가 될 때까지 발효시킨다.
⑤ 표면에 달걀물을 바른 후 섭씨 200도로 예열한 오븐에서 굽는다.
   원하면 굽기 전 표면에 우박 설탕을 뿌리기도 한다.

# cake au chocolat
## 초코 파운드 케이크

재료 3개 분량

- 달걀(œuf entier) 219g
- 전화당(sucre inverti) 65g
- 설탕(sucre) 43g
- 다크 초콜릿(chocolat noir) 46g
- 생크림(crème liquide 35%) 100g
- 아몬드 가루(poudre d'amande) 65g
- 밀가루(farine tradition) 105g
- 코코아 가루(cacao en poudre) 22g
- 베이킹 파우더(levure chimique) 6g
- 설탕(sucre) 65g
- 녹인 버터(beurre fondu) 78g

밀레앙에서는 마카롱, 플랑, 가토 쇼콜라 같은 기본 디저트는 물론 마들렌 등의 구움 과자, 그리고 생크림 케이크나 롤케이크 같은 한국풍 디저트까지 다양한 종류의 과자를 선보이고 있다.

초코 파운드 케이크는 어디서나 쉽게 만날 수 있는 구움 과자의 일종이다. 프랑스에서는 가토 드 보야주(gâteaux de voyage, 여행을 위한 과자)라고 총칭하는 부류에 속하는 것으로 설탕이나 버터, 그리고 달걀의 양이 비교적 많아 식감이 부드럽고 보존 기간이 길다. 이런 이유로 여행을 위한 과자라 불렸을 것이다. 달달한 것이 생각날 때 부담 없이 차나 커피와 함께 즐길 수 있는 간단하지만 친근한 간식이다. 밀레앙의 초코 파운드 케이크는 한 번 구운 아몬드 알갱이가 들어 있는 밀크 초콜릿으로 코팅해 고소함을 더했다.

### 초코 파운드 케이크 레시피

① 생크림을 끓여 다크 초콜릿에 붓고 잘 저어 준다.
② 달걀과 전화당, 설탕을 큰 볼에 넣어 섞은 후 생크림으로 녹인 다크 초콜릿을 넣고 잘 섞어 준다.
③ 녹인 버터를 제외한 모든 가루 재료를 함께 체에 내린 후 ②의 혼합물에 넣고 섞어 준다.
④ 마지막으로 따끈하게 녹인 버터를 넣고 힘차게 섞어 준다.
⑤ 버터 칠을 한 틀에 반죽을 400g 넣고, 섭씨 180도로 예열한 오븐에서 15분간 굽는다. 그런 다음 오븐 온도를 섭씨 155도로 낮추어 30분 정도 더 굽는다.

# cookie
## 초코칩 쿠키

재료

- 버터(beurre) 300g
- 설탕(sucre) 225g
- 흑설탕(cassonade) 300g
- 전란(œuf entier) 150g
- 소금(sel) 9g
- 액상 바닐라(vanille liquide) 4g
- 밀가루(farine tradition) 600g
- 베이킹 파우더(levure chimique) 6g
- 초코칩(pépites de chocolat noir) 450g

동전만 한 크기의 바삭한 쿠키가 있는가 하면 어린 아이의 손바닥만 한 크기의 부드러운 쿠키도 있다. 밀레앙 쿠키는 주로 간식이나 간단한 식후 디저트로 손님들의 선택을 받는다. 점심과 저녁 사이 하루 일과로 조금은 지쳤을 시간, 또는 점심에 비빔밥이나 샌드위치를 먹고 난 후 단것을 흡입하고 싶은 욕구가 생길 땐 초코칩 쿠키가 딱이다. 적지 않은 양의 버터와 설탕에 다량의 초코칩을 넣은 초코칩 쿠키는 작지 않은 크기에 볼륨 있는 두께이다 보니 겉은 바삭하지만 속은 부드럽고 쫀득하다.  살짝 지치기 시작하는 오후 4시의 초코칩 쿠키는 언제나 옳다.

### 초코칩 쿠키 레시피

---

① 버터, 설탕, 흑설탕을 반죽기로 잘 풀어 준다.
② 모든 가루 재료를 체친 후 ①의 반죽에 넣고 한 번 더 섞어 준다.
③ 가루와 버터, 설탕이 완전히 섞여 한 덩어리가 되기 전에 액상 바닐라를 넣은 달걀과 소금을 넣고 섞는다.
④ 모든 재료가 섞여 한 덩어리가 되면 1분 정도 더 섞어 준다.
그런 다음 초코칩을 여러 차례 나누어 넣으면서 계속 섞는다.
⑤ 반죽을 랩으로 잘 싼 후 하루동안 냉장 보관한다.
⑥ 반죽을 적당한 크기로 떼어 철판 위에 올리고 섭씨 170도로 예열한 오븐에 넣어 9분 정도 굽는다.

## 편집인의 글

이 책의 출간은 2011년 겨울, 파리와 런던 출장길에 결정되었다. 남해의봄날 첫 책의 저자가 런던에 살고 있어서 당시 사업자등록만 하고 유럽 출장길에 올랐는데 그때 우리는 파리에서 두 명의 또 다른 저자를 만났다. 한 명은 2013년에 출간한 〈누가 그들의 편에 설 것인가〉의 저자 곽은경 선생님이었고, 다른 이가 바로 이 책의 저자였다. 그런데 그때는 미처 알지 못했다. 이 책이 나오기까지 자그마치 13년이라는 시간이 걸릴 줄을 그 누가 알았겠는가.

이 책의 서사는 사실 책 한 권에 담기에는 켜켜이 쌓인 이야기들이 너무 많다. 그들의 이야기를 더 길고 세밀하게 담아내고 싶었으나 그러지 못했다. 매일 이른 새벽에 일어나 빵집 문을 열고, 빵을 구워내는 일상을 오랫동안 멈추지 않은 이에게 글을 쓰게 하는 것은 애초에 불가능한 일이었다. 우리는 지난 10여 년 동안 세 번의 파리 출장을 갔고, 생각날 때마다 국제전화로, 메신저로 끊임없이 글을 써야 할 이유를 피력했으나 글은 나오지 않았다.

두 번째 파리 출장길에 우리는 이들 부부의 집에 머물렀다. 한 공간에 지내면서 우리가 목격한 것은, 새벽 3시면 어김없이 일어나 집을 나서는 이의 뒷모습이었다. 한번은 고된 노동으로 어깨 근육이 파열되어 칭칭 붕대를 감고도 새벽의 출근을 감행하는 것을 보면서 할 말을 잃었다. 책을 쓰는 것이 무슨 큰일이라고 나는 이렇게 멀리까지 날아와 이들을 괴롭힌단 말인가…. 그들의 고군분투를 직접 보고 나니 마음이 힘들어 꽤 오랜 시간을 침묵하고 흘려보냈다. 출간을 포기해야겠다는 생각도 꽤 여러 번 했던 것 같다. 그런데 참 놀랍게도 그들의 삶은 시간이 지날수록 더 풍성해졌고, 그 이야기가 단단히 무르익자 그제야 그들은 글을 쓰기 시작했다. 마치 때를 기다린 사람들처럼. 새벽부터 빵을 만들고 매장에서 종일 손님을 응대한 후 녹초가 된 상태에서 틈틈이 쓴 글을 보면서 마음이 울컥했고, 그렇게 우리는 서로를 독려하며 꽤 오랜 시간 책을 함께 만들어 갔다.

책 작업이 완성되어갈 무렵, 낭보가 전해졌다. 서용상 셰프가 프랑스 최고의 플랑 대회 그랑프리를 차지했고 〈유 퀴즈 온 더 블럭〉에 출연 제의를 받았다는 소식이었다. 방송 출연 이후 그는 유명인사가 되었고, 순식간에 한국에 2호점을 내기에 이르렀다. 거기에 인쇄를 며칠 앞두고, 프랑스로 돌아간 서용상 셰프가 크루아상 대회에 출전하여 TOP10에 랭크, 전통 바게트 대회와 플랑 대회에 이어 그랜드 슬램을 달성했다는 소식까지 전해졌다. 빵의 종주국 프랑스에서 학연, 지연은 물론 가진 것 하나 없이 시작한 한국인이 프랑스 주요 언론에 대서특필되며 최고의 불랑제로 우뚝 서게 된 감격의 순간이었다. 참으로 대단한 기록이 아닐 수 없다.

낯선 땅에 옮겨진 나무가 뿌리를 내리기까지는 만만치 않은 시절을 지나야 한다. 끊임없는 돌봄이 필요하지만 채근한다 해서 성장의 나이테를 한 번에 새길 수는 없다. 몰아치는 비바람을 버텨 낸다면 흔들리던 가지도 어느새 붉은 꽃봉오리를 맺는다. 25년이라는 긴 시간 동안 서용상, 양승희 부부의 서사는 매우 치열했고, 꽃을 피운 열매는 더 단단해졌다. 그 과정을 지켜보면서 그들의 이야기를 많은 이에게 전하고 싶은 마음을 포기하지 않아서 참으로 다행이라는 생각이 들었다. 이 책에 크루아상 대회 수상 소식까지 담게 되어 기쁘고, 프랑스를 사로잡은 이 멋진 부부의 책을 남해의봄날 여든 번째 책으로 출간하게 되어 큰 영광이라는 말을 전하고 싶다. 마지막으로 덧붙이고 싶은 말은, 이 책은 아내 양승희 님이 없었다면 세상에 나올 수 없었을 것이라는 점이다. 빵 만드는 것밖에 모르는 남편을 도와 매장 운영을 총괄하며 두 아이를 훌륭히 키워 내고, 책 집필까지 이끌어 준 그녀의 노고에 진심으로 감사의 마음을 전한다. Merci beaucoup, beaucoup!

**도서출판 남해의봄날. 비전북스 36**
우리 인생의 모범답안은 정해져 있지 않습니다. 대다수가 선택하고, 원하는 길이라 해서
그곳이 내 삶의 동일한 목적지는 될 수 없습니다. 진정한 자유를 위해 용기 있는 삶을
선택한 이들의 가슴 뛰는 이야기에 독자 여러분을 초대합니다.

# 나는 파리의 한국인 제빵사입니다

초판 1쇄 펴낸날 2024년 6월 15일

**지은이** 서용상, 양승희
**사진** 밀레앙, 박지현, Galerie PHD
**그림** 홍기원
**편집인** 박소희책임편집, 천혜란
**교정** 이정현
**마케팅** 조윤나, 조용완
**디자인** 로컬앤드
**인쇄** 미래상상
**고마운 분** 강용상

**펴낸이** 정은영편집인
**펴낸곳** (주)남해의봄날
경상남도 통영시 봉수로 64-5
전화 055-646-0512
팩스 055-646-0513
이메일 books@nambom.com
페이스북 /namhaebomnal
인스타그램 @namhaebomnal
블로그 blog.naver.com/namhaebomnal

ISBN 979-11-93027-30-1 03810